ラストで君は「まさか!」と言う

恋《こい》の手紙

PHP研究所　編

PHP

きみは、「恋《こい》」をしたことがあるかな？

恋《こい》をすると、胸《むね》が高鳴って、うきうきして、いつもと景色がちがって見えてくる。あまり行きたくなかった学校も、あの人に会えると思うと、行きたい場所になってくるから不思議《ふしぎ》だ。

片想《かたおも》いも立派《りっぱ》な恋《こい》。だれかを好きになることは、その人の魅力的《みりょくてき》なところを発見した証拠《しょうこ》。だれかのよさを認《みと》めるって、すてきなことだよね。

もっと相手を知ると、相手の弱いところも見えてくる。その弱さもわかったうえで好きでいられるなら、そこには恋《こい》だけでなく「愛」の要素《ようそ》が入っている。

そうして、だれかに認《みと》められて自信がつくと、自分の知らなかった才能《さいのう》が引き出されて、予想もしなかった成功をつかむことだってある。

こうしていいところを並《なら》べると、恋《こい》をしたくなったかな？

ただし、注意点もある。

恋《こい》は、人を惑《まど》わせるものだから。

恋《こい》をしたばかりのころは、勝手な想像《そうぞう》で相手を自分の理想像《りそうぞう》でかためてしまうことがある。恋《こい》する気持ちがさらに深まってくると、思《おも》い込《こ》みや独占欲《どくせんよく》が強まり、嫉妬《しっと》や憎《にく》しみなんてものまで芽生《めば》えてくる。

自分も知らなかった自分の一面が表に出てしまい、コントロールできなくなることだってあるだろう。恋《こい》に狂《くる》い、自分を見失うという恋《こい》の迷宮《めいきゅう》にはまってしまうと、元の場所に戻《もど》ってくるのに大変なエネルギーを使うことになる。

だから、恋《こい》におぼれない注意が必要になるんだ。

それでも、恋《こい》をしてしまうのは、なぜだろう？

恋《こい》とひとことで言っても、想いは千差万別《せんさばんべつ》。恋《こい》に至《いた》る過程《かてい》も結果も、一つひとつちがう。

この本におさめられた二十三の物語は、どれもちがう恋《こい》だ。

うきうきする恋《こい》もあれば、微笑《ほほえ》みたくなる恋《こい》、泣きたくなるほど苦しい恋《こい》など実に様々。それぞれの物語に、かんたんには語りつくせないほどの想いが詰《つ》まっている。

なぜ恋《こい》をしてしまうのか？　その答えのヒントを物語の中から見つけて欲《ほ》しい。

もくじ

contents

●執筆担当

ささき あり（p.2 ～ 3、8 ～ 13、27 ～ 36、52 ～ 59、117 ～ 124、134 ～ 139、148 ～ 157）
いぬじゅん（p.14 ～ 20、45 ～ 51、84 ～ 93、100 ～ 108、158 ～ 167、184 ～ 191）
ココロ 直（p.21 ～ 26、37 ～ 44、66 ～ 75、94 ～ 99、109 ～ 116、168 ～ 175）
こぐれ 京（p.60 ～ 65、76 ～ 83、125 ～ 133、140 ～ 147、176 ～ 183）

黒板

「あれ、須田《すだ》。どうしたの？」

校門を出てきた男子に聞かれて、芽依《めい》は答えた。

「忘《わす》れものー」

芽依《めい》は手さげに入れたうわばきを出して、校舎《こうしゃ》に入った。

三学期を終えたばかりの校内は、ガランとしている。

芽依《めい》は足音を響《ひび》かせて階段《かいだん》を駆《か》け上《あ》がり、四年三組の教室に向かった。

パタパタパタ、ガラッ。

教室の戸を開けるなり、

「わっ」

芽依《めい》はびっくりして、飛びのいた。

だれもいないと思っていた教室に、木田優人《きだゆうと》がいたからだ。

「何してんの?」

芽依《めい》が聞くと、木田《きだ》は手にある黒板消しを振《ふ》って見せた。

「今日、日直だったから、黒板を消してた」

「ふーん」

芽依《めい》は黒板を見た。

ひらがなで『きだ、すだ』と、書いてある。

(木田《きだ》、須田《すだ》?)

芽依《めい》はぶっと、吹《ふ》き出《だ》した。

「なに、これー。木田《きだ》が書いたの? なんで私《わたし》たちの名前を書いてんの?」

「えーと、記念?」

「記念? 私《わたし》と木田《きだ》が四年間同じクラスだったから?」

芽依《めい》が思いついたことを言うと、木田《きだ》は強くうなずいた。

「そうそう。その記念！」

「へんなのー」

芽依《めい》は木田《きだ》と気が合い、三年生までは学童クラブで毎日一緒《いっしょ》に遊んだ。

四年生になって学童クラブに行かなくなると、放課後一緒《いっしょ》に遊ぶことはなくなったが、休み時間はよく話した。

芽依《めい》は笑いながら、チョークを持った。

「名前を書くなら、漢字にしてよお」

ひらがなの下に『木田《きだ》、須田《すだ》』と書く。

その横に、木田《きだ》が大きな字で『木田《きだ》、須田《すだ》参上！』と書いた。

それからしばらく、ふたりは黒板にいたずら書きをした。

黒板いっぱいに書いて満足すると、今度は黒板の真ん中で線を引き、どっちが早く黒板をきれいに消せるか、競争した。

「オレ、いちばーん！」

木田《きだ》が黒板消しを置《お》いて、ひとさし指をあげる。

「くやしいっ」

芽依《めい》は残った文字を消して、手についたチョークの粉をはたいた。

木田《きだ》も手をはたきながら、「へっへ」と、不敵《ふてき》な笑いを浮《う》かべる。

「そういや、須田《すだ》は何しに来たの？」

芽依《めい》はあっと、声をあげた。

「そうだ。給食当番の白衣を取りに来たんだった」

窓《まど》ぎわの自分の席に近づき、机《つくえ》の横にかけていた白衣の袋《ふくろ》を取る。

「昨日《きのう》、持ち帰るのを忘《わす》れちゃって。今日も忘《わす》れたら、お母さんに叱《しか》られる」

「よかったな。思い出せて」

木田《きだ》が笑い、芽依《めい》も笑い返した。

「うん！」

「じゃ、帰るか」

「そうだね」

木田《きだ》と並《なら》んで帰りながら、芽依《めい》は思った。

(五年生になっても、木田《きだ》と同じクラスになれるといいな)


それから二年後。

卒業式を終えたあと、芽依《めい》が友だちと校門で写真を撮《と》っていると、木田《きだ》がやって来た。

「あとで、教室に来てよ」

「あ、うん」

結局、芽依《めい》と木田《きだ》は六年間同じクラスだった。

だが、それも最後。四月には、それぞれ別の私立中学《しりつちゅうがく》に進学する。

芽依《めい》はみんなと別れてから、六年一組の教室に戻《もど》った。

戸を開けると、木田《きだ》が黒板の前に立っていた。

黒板に書かれていたのは、

『すきだ、すだ』

芽依《めい》がびっくりしていると、木田《きだ》が黒板消しで最初の『す』を消した。

『きだ、すだ』

「あ……」

芽依《めい》は四年生の時に見た、黒板の字を思い出した。

木田《きだ》が、黒板の字を見ながら言う。

「あの日も同じ言葉を書いていた。廊下《ろうか》から足音が聞こえてあわてて消したら、こうなった」

そして、芽依《めい》をまっすぐに見た。

「ずっと、好きだった」

芽依《めい》は黙《だま》って黒板に近づき、『す』のななめ下に『き』を書き足して笑った。

『きだ、すきだ』

朝が来る前に

あたしは毎朝、散歩に出かける。

最近は寒くてくじけそうになるけれど、今日もまだうす暗い道を歩く。

お母さんは『危《あぶ》ないからやめなさい』ってうるさいけど、高台にある公園はあたしにとって最高の場所だった。

だって家で話ができるのは、お母さんしかいないから退屈《たいくつ》になっちゃうんだ。

黒い輪郭《りんかく》だった町が、朝陽に照らされ色を取《と》り戻《もど》すのを見るのが好き。

手すりのそばにあるベンチがお気に入りの場所。

今日も公園に入るとまっすぐそこへ向かうあたし。

「え？」

足が止まったのには、理由がある。

こんな朝早くにベンチに座《すわ》っている人がいたからだ。

……そこ、あたしの席なんだけど。

声には出さずに、まわれ右をして端《はし》っこにある大きな木のかげに隠《かく》れた。そこからこっそりのぞくと、やっぱり男の人が座《すわ》っていた。

太陽が顔を出し、その人の顔が見えたとたん、心臓《しんぞう》が大きく跳《は》ねた気がした。

あたしは音を出さないようにそっとその場から離《はな》れる。

走りながら振《ふ》り向《む》くと、男性《だんせい》はさっきの姿勢《しせい》のまま座《すわ》っていた。

ようやく足をゆるめても、さっきの横顔が頭にこびりついて離《はな》れてくれない。

あんな……あんな悲しい顔をした人間を見たのは初めてだったから。


あたしの名前はライラという。

外国生まれのあたしに、日本語はまだほとんど理解《りかい》できない。

体が弱くてすぐに疲《つか》れちゃうあたしは、朝の散歩以外、外に出たことはない。

家に戻《もど》ると、入《い》れ替《か》わりにお姉ちゃんが出て行くところだった。

「ライラ」

頭をなでてくれるお姉ちゃんを見送ってからあたしは家に入る。

お姉ちゃんはいいな。

きっと友だちもいっぱいいるんだろうな……。あたしも早く元気になって、〝学校〟っていうところに行ってみたいな。お姉ちゃんみたいに日本語が話せればいいのに。

「朝ごはん残しておいたわよ」

お母さんに言われて「うん」と答えるけれど、なんだか気持ちが重い。

それはさっきの男の人のことばかり考えてしまうから。

……何か悲しいことがあったのかな。

お母さんに相談したかったけれど、きっと『もう行っちゃダメ』って言うに決まっている。心配させたくなくて、だけど気になってしかたない。あの男の人を思い出すと、胸《むね》がトクンと音を立てる。

この気持ちはなんなのだろう……。

初めて感じるこの気持ちは、なんだかあたたかくて心地《ここち》よかった。

「会いたいな……」

つぶやくあたしは、早く朝が来ればいいと願ってしまうほどになっていた。

あの悲しい瞳《ひとみ》を、あたしが助けてあげたい。

彼《かれ》のそばにいたい。

彼《かれ》と話をしてみたい。

だけど、そんなことできるはずがないよね……。

あの日以来、毎日男性《だんせい》は公園のベンチに座《すわ》っていた。

きっと木のかげにいるあたしのことは気づいている。

朝陽がベンチまで届《とど》くと、男性《だんせい》はゆっくりと立ち上がって帰って行く。

彼《かれ》の悲しみをいやしてあげたい。

「行かないで」

うなだれ歩く背中《せなか》に声をかけてみる。

だけど、あたしの声は風に溶《と》けていくだけ。

あの心地《ここち》よさは、今では切ない気持ちになっている。

彼《かれ》が去ったベンチに座《すわ》れば、まだ残るぬくもり。

そのあたたかさにまで彼《かれ》の悲しみが宿っているようで、あたしは泣きたくなる。


今朝《けさ》も、まだ暗い世界で彼《かれ》は遠くを見つめている。そんな彼《かれ》を見ているだけしかできない自分が悲しい。


……何か、あたしができればいいのに。込《こ》み上《あ》げる感情《かんじょう》を必死に抑《おさ》えていると、

「雪が降《ふ》りそうだね」

突然《とつぜん》、ベンチに座《すわ》っていた男性《だんせい》が口にした。

言葉の意味はわからないけれど、やわらかい口調はあたしに向けられているみたい。

あたしを怖《こわ》がらせないためにか目線は町並《まちな》みを向いたまま。

その言葉に導《みちび》かれるようにあたしはふらふらと近づいて行く。

そばに寄《よ》って気づく。彼《かれ》は、瞳《ひとみ》を潤《うる》ませていた。

「ここに来れば、悲しみが紛《まぎ》れると思った。だけど、ムリみたいだ」

声が震《ふる》えている。

なんて言っているの？　どういう意味なの？

「あ、あのっ」

思わず声を出してしまうあたし。彼《かれ》とはじめて目が合った。

「僕《ぼく》を慰《なぐさ》めてくれているのかい？」

やっぱり言葉の意味はわからない。だけど、彼《かれ》を助けたい。

あたしが好きになったたったひとりの人を悲しみから解放《かいほう》してあげたかった。

「ごめんなさい。あたし、あなたの言葉がわからないの」

「聞いてくれているんだね」

彼《かれ》の隣《となり》に座《すわ》るのに、なんのためらいもなかった。

「あのね、あたし言葉がわからない。だけど、あなたが悲しいならあたしも悲しいの。だから、お願い。悲しまないで」

一生懸命《いっしょうけんめい》に鳴くあたしの頭を、彼《かれ》はお姉ちゃんみたいに優《やさ》しくなでてくれた。

目が合うと、彼《かれ》はやっと笑ってくれた。うれしくてうれしくて、あたしも笑った。

そうして、彼《かれ》は言う。

「ばあさんを亡《な》くして気落ちしていたけれど、きみのおかげで少しだけ元気をもらえた気がするよ」

シワだらけの顔で目を細めて彼《かれ》は続けた。

「しかし、ネコに慰《なぐさ》められるとは思ってなかったな。……ありがとう」

あたしにその言葉の意味はわからないけれど、彼《かれ》が笑顔になれて本当によかった。

そう思ったんだ。

最後のキス

これは、はるか遠い未来のお話。

ピーッ、ピーッ、というアラーム音で、女子高生のハヅキは目覚めた。

ぼんやりとした頭で、ここが自分の部屋ではないことを思い出す。

「ハヅキ、起きてるかー?」

まだはっきりしない思考の中に、とある男子の声が入《はい》り込《こ》んできた。半分閉《と》じかけていた目を開け、隣《となり》に座《すわ》っている声の主を見る。彼《かれ》、クラスメイトのタイガに、ハヅキは片想《かたおも》いしている。

「起きてるよ。タイガは?」

「しゃべってんだから起きてるに決まってんだろ」

笑い声はなかったが、微笑《ほほえ》んでいるような口調だった。満天の星の下とはいえ表情《ひょうじょう》がよく見えないのが惜《お》しいとハヅキは思った。

ハヅキとタイガは、修学《しゅうがく》旅行の途中《とちゅう》で先生やクラスメイトとはぐれてしまったのだ。

空気すら人工合成できてしまうこの時代、自然の草木や土はとてもめずらしいもので、ハヅキは『本物の土に触《ふ》れよう』というこのフィールドワークを出発前から楽しみにしていた。

それが今は、見渡《みわた》す限《かぎ》り土ばかりで何もない丘《おか》のうえで疲《つか》れて寝転《ねころ》がっているなんて、皮肉な話だ。

「どーかなあ。タイガって授業中《じゅぎょうちゅう》によく寝《ね》てるしさ。寝《ね》ながらしゃべるワザをあみ出してても不思議《ふしぎ》じゃないもん」

「んなわけあるか。ったく」

今度こそ、彼《かれ》はハハと小さく笑った。こんな状況《じょうきょう》であっても、彼《かれ》の声を聞けば、ハヅキもまた笑っていられた。

ふたりきりではぐれた当初はお互《たが》いにぎこちなかったが、今ではこんな軽口を叩《たた》けるようになっている。それくらいの時間が過《す》ぎたのだ。

タイガは先生に反抗的《はんこうてき》な態度《たいど》をとるわけではなかったが、勉強に対してはあまり熱心な生徒ではなかった。しかし明るい性格《せいかく》から友だちは多く、彼《かれ》にあこがれている女子も自分だけではないということをハヅキは知っていた。

あれは忘《わす》れもしない一年生の秋、たまたま隣《となり》の席になったタイガが体調を崩《くず》して三日ほど学校を休んだあと、ハヅキは一生分かと思うほどの勇気を振《ふ》り絞《しぼ》って「よかったら」と声をかけ、休んだ授業分《じゅぎょうぶん》の記録チップを貸《か》した。タイガがチップを電子ノートに読《よ》み込《こ》ませた時、授業《じゅぎょう》中に書いた誕生日《たんじょうび》ケーキの落書きを見られてしまい、クスクスと笑われてしまった。タイガはまったくそのことに気がついていないだろうけど、彼《かれ》が自分にだけ笑顔を見せてくれたあの瞬間《しゅんかん》がたまらなくうれしかった。

ああ、とハヅキはため息をつきかけた。こんな状況《じょうきょう》でなかったら、ここまで仲良くなったことをもっと喜べたのに。

「あー、腹減《はらへ》ったなあ。喉《のど》もカラカラだ」

「それ言わない約束したでしょ」

「まあいいじゃん。どうせなら助けが来るまで楽しいこと考えようぜ。なあハヅキ、助かったら何食べたい？」

実はハヅキはもう空腹感《くうふくかん》を通《とお》り越《こ》して疲《つか》れのほうが勝っていたが、どうせなら楽しいことを、という考えには賛成《さんせい》だった。星空を見上げて、少し考える。

「ケーキ食べたいなあ。とびっきり甘《あま》いの」

「ええ～？　甘《あま》いやつかよぉ。俺《おれ》は断然《だんぜん》ステーキだな。人工合成肉じゃなくて、天然のやつ！」

「じゃあ……助かったら、一緒《いっしょ》に食べに行く？」

ごく自然に出てきた言葉だった。デートの誘《さそ》いに聞こえたらどうしようとあせりかけたハヅキだったが、すぐに、まあいいかと思い直した。

「ああ。食いに行こうぜ。ふたりでさ」

タイガの返事は、思いのほか静かな響《ひび》きだった。

「おまえがノートに書いてた落書きのケーキみたいな、クリームのたくさんのったやつもな」

「えっ！　ちょっと、そのこと覚えてるの？」

「覚えてるさ。あれが、おまえのことを好きになったきっかけだったからな」

「……え？」

ぼんやりした頭では、言葉の意味を理解《りかい》するのに時間がかかった。その沈黙《ちんもく》をどうとらえたのか、タイガは申しわけなさそうにつぶやいた。

「ごめんな、こんな時に。……忘《わす》れてくれ」

「私《わたし》も！」

勢《いきお》いだった。いや、今言わなければいけない、そう思ったのだ。

「私《わたし》も、タイガが好きだよ。好き歴ならタイガより長いよ」

星空が、急にまぶしく感じられた。視界《しかい》が開けたような気分だ。見渡《みわた》す限《かぎ》り土色の丘《おか》しかないこの風景も、ふたりのために用意された広い舞台《ぶたい》のように感じられた。

「だったら……なあ……ハヅキ……キス、しないか？」

息をつめたような真剣《しんけん》な声音《こわね》で、タイガが言った。

ピーッ、ピーッ、というアラーム音は、まだ鳴っている。きっと彼《かれ》も同じアラーム音を聞いているのだろう。

今度の言葉の意味は、すぐに理解《りかい》できた。

「うん。いいよ」

タイガとなら、それもいいと思ったのだ。

アラーム音と一緒《いっしょ》に、合成音声が流れ続けている。

『酸素濃度《さんそのうど》が低下しています。危険値《きけんち》へ到達《とうたつ》するまであと一分です』

はるか上空にあるのであろう故郷《ふるさと》の地球に見守られながら、ふたりは宇宙服《うちゅうふく》の防護《ぼうご》ヘルメットを脱《ぬ》いだ。

恋《こい》の結末

金曜日の夜、私《わたし》はレストランに入ると、入口が見える席に座《すわ》った。大輝《だいき》を待つためだ。

大輝《だいき》と出会ったのは、四か月前だった。

書店でアルバイトをしている私《わたし》に、客の大輝《だいき》が声をかけてきた。

「あの、すみません。『経営革命《けいえいかくめい》』という本を探《さが》しているのですが……」

振《ふ》り返《かえ》った私《わたし》の顔を見て、大輝《だいき》は「えっ」と、目を見開いた。

「経済《けいざい》関連の書棚《しょだな》はあちらになりますが、先に在庫《ざいこ》のデータを確認《かくにん》しましょうか？」

答える私《わたし》の顔を、大輝《だいき》がぼうっと見つめる。

「お客さま？」

私《わたし》が呼《よ》びかけると、

「あ、いや、書棚《しょだな》を探《さが》してみます」

大輝《だいき》はあわてて、その場から逃《に》げてしまった。

それから、大輝《だいき》は毎日のように書店に来て、私《わたし》に話《はな》しかけるようになった。

目当ての本について聞くことがあれば、おすすめの本を聞いてくることもあった。

そして二週間がたったころ、大輝《だいき》が自分の連絡先《れんらくさき》を書いたメモを差《さ》し出《だ》した。

「もし……嫌《いや》じゃなかったら、連絡《れんらく》ください」

私《わたし》は大輝《だいき》に連絡《れんらく》して、一緒《いっしょ》に食事をした。

大輝《だいき》とは本や映画《えいが》の趣味《しゅみ》が同じで、盛《も》りあがった。

三時間ほど話したあと、大輝《だいき》が笑った。

「近江《おうみ》さんと話していると、話が尽《つ》きないな」

私《わたし》は、大輝《だいき》とデートを重ねるようになった。

そんなある日、大輝《だいき》が言った。

「近江《おうみ》さんのこと、美音《みお》って呼《よ》んでもいいかな？」

わざわざ聞かなくてもいいのに。

大輝《だいき》は私《わたし》に対して、じれったいほど慎重《しんちょう》な態度《たいど》をとった。恋人《こいびと》らしく手をつなぐようになったのも、つい最近のことだ。

そのぶん、大輝《だいき》の誠実《せいじつ》な人柄《ひとがら》が伝わってきて、私《わたし》はどんどん彼《かれ》に惹《ひ》かれていった。

「あ、大輝《だいき》」

店に大輝《だいき》が入って来た。手をあげた私《わたし》に気がつき、顔をほころばせる。

きゅっと、胸《むね》が締《し》めつけられた。

なんで、そんなに優《やさ》しい目で私《わたし》を見るの？

大輝《だいき》は私《わたし》の前に座《すわ》ると、メガネに手をやった。

「メガネありがとう。パソコンを見るのに、役立ってる」

そのメガネは四日前、私《わたし》が大輝《だいき》の誕生日《たんじょうび》に贈《おく》った。ブルーライトをカットするというものだ。

「似合《にあ》ってる」

私《わたし》が微笑《ほほえ》むと、大輝《だいき》は照れくさそうに頭をかいた。

「美音《みお》は誕生日《たんじょうび》に何が欲《ほ》しい？」

私《わたし》はうーんと、首をかしげた。

「誕生日《たんじょうび》まで半年あるから、今欲《ほ》しいものとはちがうものが欲《ほ》しくなりそう」

そう。私《わたし》が今欲《ほ》しいものは、もうすぐ手に入る。

「じゃあ、誕生日《たんじょうび》が近くなったら、また聞くよ」

大輝《だいき》は、半年後も私《わたし》と一緒《いっしょ》にいようと思ってくれているんだ……。

胸《むね》に走った痛《いた》みをやり過《す》ごして、私《わたし》は大輝《だいき》に笑顔を向けた。

「うん。ありがとう」


家に帰ると、私《わたし》は真っ先にパソコンをチェックした。

画面に映《うつ》し出《だ》されたのは、プログラム言語の羅列《られつ》。

セキュリティシステムのプログラミング画面を映《うつ》した動画だ。

「よし、うまく撮《と》れてる」

私《わたし》はメールを書いた。

〈予定通り、あと一週間以内に完成する予定です〉

送信ボタンをクリックして、息をつく。

「あと少し……」

私《わたし》はスマホをタップして、大輝《だいき》の写真を見た。

スーツ姿《すがた》の大輝《だいき》、Gパン《ジー》にTシャツ《ティー》姿《すがた》の大輝《だいき》、友だちと笑っている大輝《だいき》。

そして、ショートボブの女性と手をつないで歩く大輝《だいき》――。

女性《じょせい》は私《わたし》に似《に》ている。けど、私《わたし》じゃない。

彼女《かのじょ》は大輝《だいき》の前の恋人《こいびと》。ふたりは一年前に別れた。別れた理由は知らない。彼女《かのじょ》は他の男性《だんせい》と結婚《けっこん》して、海外へ行ってしまった。

だが、大輝《だいき》はまだ彼女《かのじょ》を想っている。

調査資料《ちょうさしりょう》にそう書いてあったので、私《わたし》は彼女《かのじょ》に似《に》た顔になるようメイクをした。

ねらい通り、初めて会った時に大輝《だいき》は私《わたし》を見て、目を見開いた。

大輝《だいき》があの書店によく立《た》ち寄《よ》るというのも、資料《しりょう》に書いてあった。

そう、私《わたし》たちが親しくなったのは、すべて計画通り。

私《わたし》は洗面所《せんめんじょ》へ行くと、ていねいにメイクを洗《あら》い流《なが》した。

鏡に映《うつ》る自分の顔を見て、ほっとする。

私《わたし》の本当の仕事は、スパイ。

今回のミッションは、大輝《だいき》がつくっている国家機関のセキュリティシステム情報《じょうほう》を盗《ぬす》むこと。

大輝《だいき》のメガネに仕込《しこ》んだカメラが、私《わたし》のパソコンに映像《えいぞう》を送ってくる。あと少しで完成するプログラムの映像《えいぞう》をクライアントに送れば、任務終了《にんむしゅうりょう》。

同時に、「美音《みお》」という架空《かくう》の女は消える……。


二日後の昼すぎ、大輝《だいき》からスマホにメッセージが届《とど》いた。

〈今日、仕事が終わったあと、会える?〉

急に、なんで?

これまで大輝《だいき》が仕事中の時間帯に、私《わたし》にメッセージを送ってきたことはない。

まさか、メガネの仕掛《しか》けがバレた?

私《わたし》は嫌《いや》な予感を振《ふ》りきって、平静をよそおい返事した。

〈いいけど、何かあった?〉

〈会って話す。遅《おそ》くなるけど、午後九時に駅前のカフェバーでいいかな?〉

〈わかった。じゃあ、あとで〉

夜、不安を抱《かか》えながらカフェバーで待っていると、大輝《だいき》がやって来た。

「急に呼《よ》び出《だ》して、ごめん」

「どうしたの?」

「今日、大きな仕事が終わったんだ」

大輝《だいき》がこわばった顔で、私《わたし》を見る。

ドクッと、心臓《しんぞう》が音をたてた。

やっぱり、バレた？

私《わたし》は覚悟《かくご》を決めて、大輝《だいき》を見つめ返した。大輝《だいき》が意を決したように、言葉を続ける。

「この仕事が終わったら、言おうと決めていた」

大輝《だいき》がすっと、こぶしを差《さ》し出《だ》した。

「美音《みお》、オレと結婚《けっこん》してください」

え？

大輝《だいき》が差《さ》し出《だ》した手にのっていたのは、指輪の入った小さな箱。

私《わたし》は手を伸《の》ばそうとして、引っこめた。

「早いよ。つき合いはじめたばかりじゃない」

「そうだけど、美音《みお》とずっと一緒《いっしょ》にいたいと思ったんだ」

私《わたし》は、うつむいた。

「ごめん……」

だって、私《わたし》は美音《みお》じゃない。大輝《だいき》が愛しているのは、本当の私《わたし》じゃない。
「いや、オレこそ、ごめん。急ぎすぎた」
大輝《だいき》の優《やさ》しさに、胸《むね》が詰《つ》まる。
謝《あやま》らなくていいんだよ。大輝《だいき》はちっとも悪くない。
私《わたし》は泣きたいのをこらえて、席を立った。
家に帰ると、映像《えいぞう》データをクライアントに送って、荷物をまとめた。
そして玄関《げんかん》を出て、ドアを静かに閉《し》める……。

わっと、拍手《はくしゅ》がわき起こった。
その瞬間《しゅんかん》、私《わたし》は芝居《しばい》が終わったことに気がついた。
演《えん》じていた人物から、ひとりの役者に戻《もど》る。
私《わたし》は再《ふたた》び舞台《ぶたい》に出て、おじぎをした。

大輝《だいき》——役の役者も登場して、私《わたし》の手をとる。

ふたりでおじぎをすると、拍手《はくしゅ》がさらに大きくなった。

幕《まく》が下り、私《わたし》は彼《かれ》と抱《だ》き合《あ》った。

「終わったね」

今回の役は難《むずか》しかった。なんとか演《えん》じきれた手ごたえに胸《むね》が熱くなる。

彼《かれ》がじっと、私《わたし》を見た。

「このあと、食事でもどう？」

私《わたし》は首を横に振《ふ》った。

「あなたの恋人《こいびと》役は、もう終わりましたので」

「ええー、つれないなあ」

口を尖《とが》らす彼《かれ》に、私《わたし》は満面の笑みを向けた。

「お疲《つか》れさまでした！」

彼《かれ》は霧《きり》の向こうへ

入院生活は退屈《たいくつ》だ。

俺《おれ》にとって病院や病室っていうのは、どうやらとても居心地《いごこち》が悪いものらしい。このなんとも言えない不安感は、なんなんだろう。

というか、こんなに入院してたら、せっかく入った高校の授業《じゅぎょう》もみんなから遅《おく》れちまうよなあ。まさかサイアク留年《りゅうねん》……とか。それはちょっとマズいなあ。

ただまあ、身のまわりのことをナースのお姉さんや病院の人がやってくれるのはありがたい。ベッドはいつも清潔《せいけつ》だし、部屋の掃除《そうじ》もしなくていいし、メシも待っていれば出てくる。病院食も思ってたより悪くない。ええっと……昨日《きのう》は何食ったんだっけ。ま、いっか。今日はリンゴが出てくれたらうれしいなあ。好物なんだ。

おや？　身体《からだ》を起こすまで気がつかなかった。部屋の中に白い服を着たナースらしきお姉さんがいる。ちょうど、部屋のカーテンを開けてくれているところのようだ。

「あら、起きたのね。おはよう」

「ども」

俺《おれ》は息をのんだ。この人、すげーかわいい。俺《おれ》より年上だろうけど、まだ二十代の前半くらいに見える。新人さんかな？　そういえば今まで見たことない。髪《かみ》が肩《かた》くらいまでの長さで、目がくりっとしてる。……話しかけても大丈夫《だいじょうぶ》かな。

「あー、えっと……はじめまして、ですよね？」

看護師《かんごし》さんから冷たくされることはないってのはわかってたけど、しばらく下を向かれた時にはあせった。そう見えないだけで本当は忙《いそが》しかったのかもしれない。頭の中にあった段取《だんど》りを俺《おれ》が壊《こわ》してたら申しわけないなあ、と思った時、彼女《かのじょ》は顔を上げてにっこり笑ってくれた。ホッとした。

「はじめまして。調子はどう？」

「あ、うん。悪くないです」

「何かして欲《ほ》しいこと、ある？　リンゴが欲《ほ》しいなら買ってくるわよ？」

「いや、そんな、悪いっすよ。自分で行けるんで」

「そう？」

その時、俺《おれ》は声をあげそうになった。彼女《かのじょ》の頬《ほお》に、涙《なみだ》のあとがついていたのだ。

何を言うべきか、何も言うべきではないのか、自分の察《さっ》しの悪さに歯がゆさを感じていたら、逆《ぎゃく》に彼女《かのじょ》が俺《おれ》の態度《たいど》から察《さっ》したのだろう。気はずかしそうに自分の頬《ほお》をぬぐって、「ごめんね。気にしないで」と言った。

ひょっとして、嫌《いや》な先輩《せんぱい》とかにいびられた、とか？

「……俺《おれ》、あの、もしかしてタイミングの悪い時に声かけちゃいました？」

「ううん。ちがうの。ちょっと思い出しちゃって」

「思い出す？」

彼女《かのじょ》は少し考えたように床《ゆか》の一点を見つめた。こぼれた髪《かみ》をかき上げる仕草は、すごくきれいだけど、なんだか悲しそうにも見えた。

「ねえ……よかったら、少しだけ聞いてくれる？」

「え？　は、はい……」

ベッドの脇《わき》にあったパイプ椅子《いす》に、彼女《かのじょ》は腰《こし》かけた。距離《きょり》が近くなって、その顔がよく見えるようになったが、憂《うれ》いを帯《お》びたっていうのはこういうものかと思うような表情《ひょうじょう》だった。俺《おれ》はベッドで上半身を起こした格好《かっこう》のまま、うなずいた。

「この季節になると、思い出すの。恋人《こいびと》のことを」

恋人《こいびと》という言葉を聞いて、なんだそうかとがっかりし、自分の下心をはずかしく思ったが……ちょっと待った。この表情《ひょうじょう》で言うってことは、もしかして……。

「その、恋人《こいびと》さんって、ひょっとして、もう……」

「ううん。生きてるわ。心配してくれてありがとう」

「あ……そっすか」

彼女《かのじょ》の微笑《ほほえ》みに、肩透《かたす》かしを食らった俺《おれ》は、頭をかくことしかできなかった。でも、次に出てきた言葉に、俺《おれ》は混乱《こんらん》させられる。

「でもね、恋人《こいびと》だけど、恋人《こいびと》じゃないの。それが悲しくて……」

「恋人《こいびと》だけど恋人《こいびと》じゃない？」

なんだか、謎《なぞ》かけみたいな言い方だ。俺《おれ》は彼女《かのじょ》の話に耳をかたむけた。

それはまだ私《わたし》が高校生だったころの話。

ほら、はっきりと恋人《こいびと》関係じゃなくても、お互《たが》いなんとなく好意に気づいてて、暗黙《あんもく》の了解《りょうかい》でペア扱《あつか》いになってる男女っているじゃない？　私《わたし》にも、そういう相手がいたの。名前はトキオ。

私《わたし》たちは同じ中学だったんだけど、その時はほとんど接点《せってん》がなくて、高校に入学してから話をするようになって、急速に仲良くなったの。クラスメイトの中には私《わたし》たちが中学時代から恋人《こいびと》関係だって勘違《かんちが》いしてる子もいたくらいに。

でも、二年生の秋、進路に関するアンケートがあって、卒業後のことを漠然《ばくぜん》と考えた日があったのね。それで、私《わたし》たちこのまま卒業したらどうなるんだろうって、なんとなくその時の中途半端《ちゅうとはんぱ》な関係にケジメをつけなきゃって思ったの。

それで、トキオも同じことを同じタイミングで考えたらしいのよ。こういう時の相性《あいしょう》って不思議《ふしぎ》よね。

学校の帰り道、彼《かれ》は私《わたし》に、近所の公園に寄《よ》っていこうって誘《さそ》ってきた。なんとなく察《さっ》するものがあって、彼《かれ》の自転車の後ろに座《すわ》ったままうなずいて、言うままに従《したが》った。すごく霧《きり》の濃《こ》い日でね。ふだんは霧《きり》なんて出ないものだから、なんだかロマンチックだなって、見慣《みな》れた公園なのにまるで別の世界に来たみたいな気持ちになってた。

その場所で、トキオに言われたの。卒業してからも、大人《おとな》になってからも、ずっと一緒《いっしょ》にいたい、って。正式に恋人《こいびと》としてつき合って欲《ほ》しいって。

彼《かれ》、泣き出しそうな顔してた。すごく緊張《きんちょう》してたんだと思う。私《わたし》も同じ顔してたかもしれない。彼《かれ》が私《わたし》と同じことを考えていたのがうれしくてたまらなくて。

初めてキスした。なんだか誓《ちか》いを立てたような気分だった。

お互《たが》い幸せな気持ちでね、霧《きり》のせいもあってまわりはだいぶ暗かったけど、少しでも長く一緒《いっしょ》にいたくて、彼《かれ》は自転車を押《お》してふたりで歩いたわ。

俺《おれ》たちも明日から恋人《こいびと》同士か。何言ってるの今日からでしょ。そんな会話をして、照れくさかったけど幸せだった。

でもね……自転車を降《お》りたからってライトを消してたのがいけなかった。私《わたし》たちのことに気づかなかった車が突《つ》っ込《こ》んできて、ふたりとも事故《じこ》に遭《あ》ったの。

私《わたし》は軽傷《けいしょう》だった。とっさに彼《かれ》がかばってくれたから。

彼《かれ》は、見た目は軽傷《けいしょう》だったけど……脳《のう》に強い衝撃《しょうげき》を受けてしまったわ。そのダメージが、彼《かれ》の高校入学から先の記憶《きおく》を奪《うば》ってしまった。ふたりが仲良くなっていった日々も、恋人《こいびと》になったあの幸せな日も、彼《かれ》は忘《わす》れてしまったの。

おまけに彼《かれ》は、『新しく記憶《きおく》する能力《のうりょく》』も失ってしまった。朝、目が覚めると、前日のことをすべて忘《わす》れている、そういう状態《じょうたい》になってしまったの。その日以来、彼《かれ》は同じ一日をいつまでもくり返してる。私《わたし》は彼《かれ》に、「はじめまして」を言い続けているのよ。

……今日は大学の講義《こうぎ》があるから、もう行くね。明日《あした》はリンゴ買ってくるから。

そう言って、彼女《かのじょ》は病室を出て行った。入れかわりに別の看護師《かんごし》さんが入ってきて、俺《おれ》は気づいた。あの子の服は白かったけど、ナース服ではなかったことに。

枕元《まくらもと》にかけられた『佐伯《さえき》 時生《ときお》』というネームプレートを見ていると、なぜだか涙《なみだ》がこぼれた。

私《わたし》の告白

『……もしもし？』

「はい」

『コースケ？　あ、あのっ……あたし――』

「菜摘《なつみ》だろ？」

『えっ……。あ、うん。よくわかったね？』

「スマホに登録してるんだから、わかるに決まってるだろ」

『ああ……それもそうか。コースケ、あのさ、あの……今ってヒマ？』

「寝《ね》てた」

『もう夕方だよ。ずっと寝《ね》てたの？』

「昼間、雅紀《まさき》から電話があって、そのあとはテレビ見てた、文字通りの寝正月《ねしょうがつ》ってとこ」

『そうなんだ……あ、あのさ』

「ん？」

『あの……。えっと最近寒いよ、ね？』

「はは。天気の話なんておばちゃんかよ」

『そうだよね、で、でもほら、最近特に寒いから……』

「菜摘《なつみ》は寒がりだしな」

『え、なんで知ってるの？』

「教室にいる時、ひざ掛《か》け何枚《なんまい》も重ねてんじゃん。夏服になるのもいつもクラスで一番最後だったし」

『だって冷《ひ》え性《しょう》なんだもん。女子にとっては〈あるある〉な悩《なや》みなんだよ』

「へぇ。菜摘《なつみ》が〝女子〟ねぇ」

『……』

「もしもし？　どうした？」

『聞こえてるよ！』

「びっくりした。急に大きな声出すなよ」

『あ、ごめん……』

「なんか今日の菜摘《なつみ》はヘンだぞ。なんかあったのか？」

『……何かあったというより、これから……』

「これから……何？」

『あ、あのね。あたし……さ、コースケのこと、す、好きなんだよね』

「えっ……」

『気づいてなかったでしょう？　言わないつもりだったんだけど、なんだかどんどん気持ちがおなかの中で大きくなっていっちゃってさ……』

「……マジかよ。ていうか、おなかの中って、妊婦《にんぷ》かよ」

『うう、そうじゃなくて……。答えが欲《ほ》しいわけじゃないの。ただ、あたしが勝手に伝えたかっただけ。急にこんなこと言ってごめん』

「……」

『お願い、黙《だま》らないで。コースケとは仲のいい友だちでいたいから、区切りをつけたかっただけ。だから、これまで通り普通《ふつう》にして欲《ほ》しいの』

「そんなこと言われても、聞いちまった以上ムリじゃん」

『……ごめん』

「菜摘《なつみ》、ずるいよ」

『そうだよね。ごめん……』

「俺《おれ》のほうが先に言うつもりだったのにさ」

『ごめん。……え？』

「俺《おれ》のほうが先に菜摘《なつみ》のこと好きだったんだぞ。でも、言うと関係がおかしくなると思って言えなかった」

『そうだったの？　え……これ、夢《ゆめ》？』

「はは。夢《ゆめ》じゃねぇし。なぁ、これから会わない？　俺《おれ》からちゃんと言うから」

『あ、うん。会う。会いたいよ』

「じゃあ、いつもの公園にすぐ来られる？」

『すぐはムリ。支度《したく》に少しかかるから』

「そっか。じゃあ、一時間後とかは？」

『うん。ぜったいに行く』

「雪が降《ふ》ってるから気をつけてな」

『わかった。コースケ……ありがとう』

「じゃあまたあとでな」

『うん。また、あとで』


「60点」

『えええええ。アヤ、あたしけっこうがんばったよ』

「話し方がおどおどしすぎだし、黙《だま》り込《こ》むのもよくないよ。相手はこっちの表情《ひょうじょう》見えないんだし、なんか怒《おこ》ってるのかと思われちゃうでしょ」

『ああ……それもそうか』

「あと、告白しておいて〈答えを求めてない〉とか都合よすぎでしょ。答えが欲《ほ》しいから告白するんだからさ」

『うう……厳《きび》しい』

「とにかく練習でわかったけど、菜摘《なつみ》は電話での告白は向いてないわ。コースケに電話して公園に呼《よ》び出《だ》して直接《ちょくせつ》言いなよ」

『ムリ！　そんなことぜったいにムリ』

「なら今のアドバイス通りにやってみて。どう、できそう？」

『……がんばる』

「その調子！　じゃあ、がんばってね」

『うん。アヤ、練習につき合ってくれてありがとう。今からコースケに電話してみる』

「うん。ちゃんと告白するんだよ。また報告《ほうこく》して」

『わかった。またね』

「ばいばい」

——切れた電話を私《わたし》、亜弥子《あやこ》はじっと見つめた。

突然《とつぜん》、菜摘《なつみ》から『告白の予行練習をしたい』って言われた時は、どうしようかと思った。

菜摘《なつみ》がコースケに告白する……。

だけど、〈友だちのアヤ〉としてちゃんとアドバイスできたと思う。

「これでいいんだよね」

親友の恋《こい》を応援《おうえん》するのが、私《わたし》の役目だから。

たとえ、同じ人を好きになったとしても。

秘《ひ》めた恋《こい》

王宮の広間に集まった者たちが、こそこそ話している。

「また追放者が出た。テンカイさまが王になられてから、何人追放されたことか」

「しっ。下手《へた》なことを言うと、おまえも追放されるぞ」

カツメイが広間に入ってくると、皆口をつぐんだ。

「テンカイさまは、この国を建て直そうとしておられるのだ。追放するのは、前の王のもとで悪事を働いていた者たち。国民たちが納《おさ》めた金を、勝手に使ってきた者だけだ」

聞いている者たちの表情《ひょうじょう》を見れば、カツメイの言葉を信じていないとわかる。

集会のあと、カツメイは自室に入ってテーブルを叩《たた》いた。

「なんでわからないんだっ。テンカイさまは国民のために、身を切る思いで決断《けつだん》されているのに！」

役人の父をもつカツメイは、幼《おさな》いころからテンカイさまのそばにいた。勉強も乗馬も剣術《けんじゅつ》も、カツメイはテンカイさまと一緒《いっしょ》に学んだ。

テンカイさまは新しいことをおもしろがってやるので、なんでも上達が早かった。それに比《くら》べてカツメイは飲《の》み込《こ》みが悪く、なかなか上達しない。先生に「もっと努力しなさい」と言われるたび、かばってくれたのはテンカイさまだった。

「先生、カツメイは努力している。私《わたし》とちがって、しっかり準備《じゅんび》をして取り組む性格《せいかく》なのだ。将来《しょうらい》、信頼《しんらい》できる男になる、と私《わたし》は思う」

テンカイさまは、いつだってカツメイを高く評価《ひょうか》してくれた。そのおかげで、カツメイは自信を失うことなく、物事にじっくり取り組むことができた。

今、カツメイが父のあとを継《つ》いでテンカイさまの近くにいられるのも、テンカイさまがそう望んでくれたからだ。

だが、テンカイさまには敵《てき》が多い。

半年前にテンカイさまが新しい王になってから、さらに敵《てき》が増《ふ》えた。

王宮には、国費を自分のためだけに使おうと企《たくら》む者たちがいる。そういう者たちにとって、国民のためになることをしようとするテンカイさまは、目障《めざわ》りなのだ。

だから、カツメイはいつもテンカイさまのそばで、目を光らせてきた。

（何があろうと、私《わたし》がテンカイさまをお守りする！）

そうカツメイは誓《ちか》っていた。


その夜――。

ドンドン、ドンドン！

「カツメイさま、大変です。西の館《やかた》に火が放たれました」

「何っ」

カツメイはベッドから飛び起きると、窓《まど》を開けた。

ここ本宮《ほんぐう》からわずかに離《はな》れた場所にある西の館《やかた》が、赤い炎《ほのお》をあげている。今日は風が強い。風で舞《ま》った火の粉によって、まもなく本宮《ほんぐう》にも火が燃《も》え移《うつ》ると思われた。

カツメイはメモを書くと、小さな筒《つつ》に入れて伝書鳩《でんしょばと》の脚《あし》にくくりつけた。

「頼《たの》んだぞ」

鳩《はと》が飛んでいくのを確《たし》かめて、すばやく武具《ぶぐ》を身につける。ドアを開けて、家来に告げた。

「テンカイさまを避難《ひなん》させる。おまえは、何者が反乱《はんらん》を起こしたのか、探《さぐ》りに行け」

「はっ」

家来が走り去ると、カツメイは廊下《ろうか》を急ぎ、王の間の戸を叩《たた》いた。

「テンカイさま、反乱《はんらん》が起きたようです。安全な場所へお連れします」

ギイッと戸が開くと、武具《ぶぐ》をつけたテンカイさまが現《あらわ》れた。騒《さわ》ぎに気づき、準備《じゅんび》をされていたようだ。

「反乱《はんらん》を起こしたのは、だれだ？」

「まだ、わかりません」

「反乱《はんらん》を起こしたのが王宮内の者であれば、捕《と》らえて罰《ばっ》する。そうでなく、国民であった場合は……」

テンカイさまはひと呼吸《こきゅう》置いて、言葉を続けた。

「私《わたし》の進退《しんたい》を考えよう」

カツメイは、テンカイさまが言おうとしていることを、すぐに理解《りかい》した。

国民が望まないなら、自分は王の座《ざ》を降《お》りる。国民の中から新しい王が誕生《たんじょう》すればよいと、考えていらっしゃるのだろう。

「わかりました」

カツメイはうなずくと、テンカイさまに仕《つか》える家来たち四人に目を走らせた。

「王宮の外へ出る。人目につかぬよう、この人数でテンカイさまをお守りする」

「はっ」

四人の家来がテンカイさまを囲むと、カツメイは先頭に立って隠《かく》し戸《ど》を開けた。

ザッ、ザッ、ザッ……。

石で固《かた》められた地下通路に、六人の足音が響《ひび》く。

迷路《めいろ》のような通路は複雑《ふくざつ》に入り組み、どの道がどこへ行くのか、家来たちも知らない。

カツメイが密《ひそ》かに目指しているのは、大きな川沿《かわぞ》いにある水車小屋。そこから川を渡《わた》れば、隣《となり》の国の領地《りょうち》に入る。同盟《どうめい》関係にある隣《となり》の国に、さきほど伝書鳩《でんしょばと》で送った手紙が着けば、国境《こっきょう》に助けがくる手はずになっていた。

（大丈夫《だいじょうぶ》。きっとうまくいく）

カツメイは通路をまちがえないよう、ろうそくの火をかざして石壁《いしかべ》に刻《きざ》まれた番号を確《たし》かめながら進んだ。

ようやく、水車小屋の下に出た。家来のひとりが先にのぼって安全を確《たし》かめ、カツメイに続いて、テンカイさまもはしごをのぼった。

水車小屋に入ると、窓《まど》の外が明るい。いつのまにか朝になったのだ。

カツメイは壁《かべ》に背中《せなか》をつけて立ち、窓《まど》の端《はし》から外をうかがった。まわりに敵《てき》らしい影《かげ》は見えない。

「よし。追っ手がこないうちに、川を渡《わた》ろう」

カツメイたち六人は、水車小屋の桟橋《さんばし》につなげてある舟《ふね》に乗《の》り込《こ》んだ。棹《さお》をさして向こう岸に近づいていく。対岸に着くと、木立の間から馬をひいた軍人が現《あらわ》れた。

「手紙を受けて、お迎《むか》えにあがりました。国民による反乱《はんらん》が起きたとの情報《じょうほう》が入っております。かねてからの約束通り、テンカイさまはわが国でお守りいたします」

テンカイさまが静かに応《こた》えた。

「感謝《かんしゃ》します」

ほっとした空気が流れた瞬間《しゅんかん》。

「みすみす王を生かして逃《に》がしてたまるかっ。オレたちが新しい国をつくるんだ！」

突然《とつぜん》、家来のひとりが剣《けん》を振《ふ》りあげた。反乱勢《はんらんぜい》と通じていたのだ。

「危《あぶ》ないっ」

前に出たカツメイに、剣《けん》が振《ふ》りおろされる。

「う……」

カツメイががくっと、膝《ひざ》をついた。

「うおぉぉー」

テンカイさまが家来に飛びかかり、まわしげりで倒《たお》した。まわりにいた者たちが、倒《たお》れた家来を取《と》り押《お》さえる。

テンカイさまは、カツメイに駆《か》け寄《よ》った。

「カツメイッ」

抱《だ》き起《お》こされて、カツメイは弱々しく笑った。

「テンカイさまは子どものころと変わりませんね。おてんば娘《むすめ》のままだ……」

「死ぬな、カツメイ。私《わたし》たちはようやく、王宮から解放《かいほう》されるのだぞ」

「これでいいんです。私《わたし》がそばにいたら、あなたは変われない。もう、男のふりをしないで、いいんですよ。やっと楽になれますね……」

「カツメイー」

テンカイさまはカツメイを抱《だ》きしめ、子どものように声をあげて泣いた。

会長選挙じゃん！

なんと！　うちの中学の次期生徒会長を、ジャンケンで決めることになっちゃった！

生徒会長なんて、生徒からは文句《もんく》を言われて、先生からはこき使われて、いいことなんか、なんにもなさそう。今の生徒会長だって、毎日ぐったり疲《つか》れた顔をしてるもの。あれを見てたら、だれもやりたがらないよ。

だから、生徒会長選挙にだれも立候補《りっこうほ》しなかった。そしたら、校長先生が怒《おこ》って、「じゃあもう、ジャンケンで決めなさぁあい！」って。

や、やばいよ。だって私《わたし》、勝ちたくないジャンケンに限《かぎ》って、いつも勝っちゃうんだから……とか思っているうちに、あ〜、もう全校ジャンケン大会の日がやってきた……。

「ジャーンケーン、ポン！」

一時間目開始のチャイムが鳴ると同時に、教室の席の列ごとにジャンケン。その勝者が集まって、またジャンケン。あっというまに、二年A《エー》組のチャンピオンが決まった。

(がーん、やっぱり、わ・た・し・だ〜〜〜!)

うちの中学は、一学年に四クラス。中三は次期の生徒会には入れないから、中一と中二で八クラス。八人が代表になって、午後、体育館で決戦ジャンケン。優勝者《ゆうしょうしゃ》が次期生徒会長、準優勝者《じゅんゆうしょうしゃ》が副会長に決まる……。

(どうしよう……っ!)

昼休み。お弁当《べんとう》を食べ終わった姿勢《しせい》のまま、ずどーんと落《お》ち込《こ》んでいる私《わたし》の席に、親友のチエリがやってきた。

「大変なことになっちゃったね……私《わたし》にはなんにもできないけど、がんばって!」

「ありがと……」(なんか、それってかなり、ひとごとってかんじだよね!?)

チエリが教室を出て行くと、次に、クラス委員のミカが来た。

「うちのクラスから生徒会長が出たらすごいわ。クラス委員として、応援《おうえん》するね」

「どうも……」（なら、あなたが立候補《りっこうほ》してくれたら、どんだけよかったか⁉）

次に、オカルト研究部の部長・金元《かなもと》が、キラキラする何かを手にぶら下げてきた。

「このお守り、ジャンケンに効《き》くんです。他にも願いが次々に叶《かな》いだす、霊能者《れいのうしゃ》手づくりの超《ちょう》強力なお守り！　今回特別に、あなただけに差《さ》し上《あ》げます。だから……生徒会長になったら……うちの部の活動補助金《ほじょきん》、上げてください」

「い・ら・な・い！　そんなお守り、信じられないし！　ていうかそもそも、ジャンケンに勝ちたくないし！　いや何より、物をもらって部の補助金《ほじょきん》を上げるって、それ不正だから！」（も〜、バカみたい！　はぁあああああ）

その時、チエリが戻《もど》ってきた。

「ねえ！　ねえ！　今、体育館に行ってきたんだけど！　もう代表が集まってるよ」

えっ、どうしよう。いっそ、今のうちに逃《に》げちゃおうかな⁉

「でね、その中に、プリンス坂口《さかぐち》がいるの！」

プリンス坂口《さかぐち》といえば、二年男子でいちばんイケメンの優等生《ゆうとうせい》。ということは！　ジャンケンに勝ち進めば、その坂口《さかぐち》くんと、生徒会長・副会長の関係になれる!?

（そ……それは、ちょっと……いいかも……）

私《わたし》はそのわずかな救いを胸《むね》に、なんとか体育館へ向かった。

そして、午後の授業《じゅぎょう》開始のチャイムが鳴《な》り響《ひび》く！

ステージ上には、私《わたし》と坂口《さかぐち》くんと各クラスの代表、計八人。

全校生徒が見守る中、片手《かたて》を振《ふ》り上《あ》げ、

「ジャーン、ケーン……」

キラッ……。その時、坂口《さかぐち》くんのポケットからこぼれて光った、それは……金元《かなもと》が持って来た、オカルト研究部のお守り。

さては金元《かなもと》、代表八人全員のところに、補助金《ほじょきん》アップのお願いに行ったな！

で、坂口《さかぐち》くんは、あのうさんくさいお守りを受け取って、不正を約束したってこと!?

なんか………超《ちょう》がっかり――！

「……ポ――ォオオオン！」

腹立《はらだ》ちまぎれに、全身の力を込《こ》めて、グーを突《つ》き出《だ》した。

坂口《さかぐち》くんと数人がチョキで負けて、なんと、パーはいない。私《わたし》と同じグーの人はというと、一年生の、子どもっぽいおかっぱ頭の、ふてぶてしい平井《ひらい》くんだけ……。

平井《ひらい》くんと私《わたし》で、生徒会長・副会長、決定〜〜〜〜!?

私《わたし》は、地割《じわ》れから奈落《ならく》の底《そこ》へ真《ま》っ逆《さか》さまに落ちていくような気持ちに……。

ぐらっ。目の前が真っ暗になって、足の力が抜《ぬ》けて、私《わたし》はガクンと倒《たお》れ――。

あっ!?　と思った時には、「危《あぶ》ない!」だれかに腕《うで》をつかまれて――。

私《わたし》は、その人もろとも、ステージから体育館の床《ゆか》へと、落ちていった。


「大丈夫《だいじょうぶ》ですか?　ステージは、みんなの熱気とライトで、暑かったですよね」

気がついたら、保健室《ほけんしつ》にいた。つきそってくれていたのは、平井《ひらい》くん。

「大丈夫《だいじょうぶ》、ありがとう。平井《ひらい》くんが助けてくれたの?　ケガは?」

「平気ですよ。それより、ぼくたち、勝っちゃいましたね」

と、髪《かみ》が乱《みだ》れたまま、優《やさ》しく言う平井《ひらい》くんは……なんだかさわやかで……。

「でも、ぼくは覚悟《かくご》を決めました。今日は一日、いつもとちがう人たちと、たくさん話せたし――生徒会長として、みんなのために何かできたら、って思うようになりました」

えっ……平井《ひらい》くん、実は私《わたし》なんかよりずっと、考え方が大人《おとな》……!?

「それに、ここまで目立っちゃったからには、しっかりやったほうがいいかな、って」

と、冗談《じょうだん》めかして笑った顔に、私《わたし》、ドキーッ!!

「平井《ひらい》くんが生徒会長なら……私《わたし》……副会長として、支《ささ》えていけそう……!」

「じゃ、これから一年間、力を合わせていい学校にしましょう!」

ということで、平井《ひらい》くんは生徒会長、私《わたし》は副会長で決定。私《わたし》たちは、そのあと一年、しっかり役割《やくわり》をつとめたうえに……彼氏《かれし》と彼女《かのじょ》にも、なっちゃった。

後輩《こうはい》や友だちから、ナイスカップルだとか言われちゃって、いひひひ。照れるなあ。

次の選挙には、私《わたし》たちにあこがれて立候補《りっこうほ》する人が、たっくさん出たんだよ!

ジャンケン大会は、もう二度と行われませんでしたとさ。めでたし、めでたし。

初《はつ》恋《こい》なんだ

本野《ほんの》しおりは、高校一年生。図書委員だ。

友人たちからは似合《にあ》わないとひやかされるが、それもしかたのない話。

高校入学を機にメガネからコンタクトに変え、髪《かみ》を少し茶色くしたのだが、もともと服装《ふくそう》や外見に関しては自由な校則《こうそく》も手伝って、周囲の友だちに合わせているうちにかなり派手《はで》になっていった。市立図書館の常連《じょうれん》だった小学校時代を知る人から見れば、相当なイメチェンだろう。いつしかクラスでも一番派手《はで》なグループに所属《しょぞく》し、メイクとオトコの話ばかりするような日常《にちじょう》になっていた。

結果、しおりは、かんたんに言うと少し疲《つか》れてしまった。流されやすい自分の性格《せいかく》のせいだということはわかっているが、もともとこんな生活を望んでいたわけではない。

最近のしおりはすすんで図書委員の仕事を引き受け、連日のように図書室の貸出《かしだし》カウンターの奥《おく》で座《すわ》っていた。

（ねむー……。今日もだれも借りに来ないなあ。まあそのほうがありがたいけど）

今は放課後。この図書室は、いつもこうだ。だから人が入ってくれば自然と目に入るし、それが派手《はで》な外見の男子だったらなおさらだ。ひょろっと細長い体。金色に染《そ》められた髪《かみ》。やたら細く整えられた眉毛《まゆげ》。着崩《きくず》した制服《せいふく》。どことなくチャラい。

（うわ〜。苦手なタイプだわ）

現在《げんざい》の自分の外見を棚《たな》に上げ、しおりは内心でため息をついた。

（本借りに来るようなタイプにも見えないなあ。こっちに来ないで欲《ほ》しいなあ）

しおりのそういう願いは、だいたい叶《かな》わない。

その男子生徒は、今日の担当《たんとう》の名前が書かれたホワイトボードをしばらく見ていたかと思うと、今度はなぜかちょっとおどろいたように、しおりの顔をじっと見てきた。しおりが目を逸《そ》らしても、おかまいなし。さらに、ゆっくりとこちらへ歩いてくる。

「あのさ……」

「は、はい……？」

「本野《ほんの》しおり……さん」

急に話しかけられ、しおりはあせった。名前はホワイトボードを見ればわかるだろうけど、正直ちょっと怖《こわ》い。

「あの、俺《おれ》、塚本智《つかもとさとし》って……いうんだけど。一年三組の……」

「は？　はぁ……」

しおりの曖昧《あいまい》な返事に対して、彼《かれ》はどこか呆然《ぼうぜん》としたように、いつまでも視線《しせん》を外さない。どういうことかと首をかしげたしおりが、いい加減《かげん》しびれを切らして口を開きかけたところで、彼《かれ》はとんでもないことを言った。

「突然《とつぜん》だけど、俺《おれ》とつき合ってほしい。初恋《はつこい》なんだ」

今度こそしおりはおどろいたが、同時に怒《いか》りも込《こ》み上《あ》げた。要するにこの男は町でナンパしてくる連中と同じということだ。

「金髪《きんぱつ》キライなんで、ごめん」

バッサリと切《き》り捨《す》てると、智《さとし》と名乗った彼《かれ》は明らかに狼狽《ろうばい》したような顔をした。

「私《わたし》、こんな見た目だけど、軽いヤツだって思われたくないんだよね。そもそもチャライ男って好きじゃないし」

「えっ！　そ、そうなんだ」

すると、今度はなぜかうれしそうに顔を上げた。ちゃんとお断《ことわ》りの意思が伝わっているかと不安になりかけたしおりの前で、彼《かれ》は深々《ふかぶか》と頭を下げた。

「急に、ごめん」

何度も謝《あやま》りながら帰っていった彼《かれ》の背中《せなか》に、ちょっと申しわけないなと思ったしおりだったが、そんな気持ちは翌日《よくじつ》に吹《ふ》っ飛《と》んだ。

翌日《よくじつ》もしおりは放課後に図書室の貸出《かしだし》カウンターにいたのだが、そこになんと、智《さとし》が再《ふたた》びやってきたのだ。坊主頭《ぼうずあたま》で。

「どうしてもあきらめきれなくて、金髪《きんぱつ》やめてきた。染《そ》めるのがアリなのかナシなのかわからなかったから、全部切ったよ。これで……どうかな？」

「えっ、ちょ、あの……」

制服《せいふく》もきっちりと着て、ネクタイもしっかりと締《し》めている。昨日《きのう》とは別人だ。

今度はしおりが狼狽《ろうばい》する番だった。まさかこんなことまでしてくるとは思わなかったのだ。

期待の目を向けてくる智《さとし》に、しおりは内心で頭を抱《かか》えた。

（直してこいなんて言ってないよぉ……。この人ゼッタイ変な人だ……）

しおりは、どうすればこの男に自分の意図が伝わるかと必死に考えたが、なにしろ考える時間が短すぎた。出てきた言葉をつなぐので精一杯《せいいっぱい》だ。

「いや、えっと……私《わたし》、よく知らない人とつき合うとか、考えてないから……」

この言葉がのちにどんな悲劇《ひげき》を巻《ま》き起《お》こすか、しおりが気づいたのは智《さとし》が意気込《いきご》んで目を輝《かがや》かせて帰っていったあとだった。

「本野《ほんの》さん！　お疲《つか》れさま！」

「智《さとし》、また来たの？　もう、いい加減《かげん》にしてよ」

あれから一か月半がたった。智《さとし》は「自分のことを知ってもらいたい」と言って、頻繁《ひんぱん》にしおりに話しかけに来るようになった。朝、わざわざ教室まで来たり、体育や教室移《い》動《どう》でしおりを見かけた時は必ず一声かけたりしてくる。今日もこうして放課後に図書室へと顔を出しに来た。しおりも完全無視《むし》するのは申しわけなくて、なんだかんだと相手をするうちに、普通《ふつう》に会話するようになった。といっても、にこにこ顔の智《さとし》を、しおりが邪険《じゃけん》に扱《あつか》うという構図《こうず》ではあるが。

会話するようになって、しおりはわかったことがあった。

智《さとし》は、どうやらとてもモテるらしかった。いきなりのイメチェンに悲鳴をあげる女子が何人もいたし、頻繁《ひんぱん》に話しかけられるしおりが女子からの嫉妬《しっと》の視線《しせん》を感じたことも多々あった。

そして智《さとし》は、実際《じっさい》は最初の印象よりもかなりまともな人間だった。話す内容《ないよう》も穏《おだ》やかで、振《ふ》るまいも常識的《じょうしきてき》、相手を気遣《きづか》う言動も多く、強引に口説《くど》いてくるようなこともしない。智《さとし》本人もあの時は冷静さを失っていたようで、「あの時はあせってごめん」と折に触《ふ》れ謝《あやま》ってきた。今なら、彼《かれ》が人気者なのも納得《なっとく》だ。

しおりにとっても、智《さとし》から逃《に》げるという口実で自然とグループから離《はな》れてひとりになれるため、ありがたい面もあった。文句《もんく》や愚痴《ぐち》も素直《すなお》に言える智《さとし》との会話はけっこう心地《ここち》よく、何人かの女子に嫉妬《しっと》されることを差し引いても十分に快適《かいてき》だ。

ただ、わからないこともある。智《さとし》はなぜ、こんなにもしおりのことを好きなのか、ということだ。これまで浮《う》いた噂《うわさ》もなかったらしく、彼《かれ》の周辺の人物が本気でおどろいていたのが印象的だった。あれから少し伸《の》びて整えられた髪《かみ》は、真っ黒なまま。しおりが彼《かれ》を遠ざけようとして、「頭のいい男がいい」と言えば、テスト前に猛勉強《もうべんきょう》して学年上位に食《く》い込《こ》んだり、「細すぎる男はイヤだ」と言えば、筋《きん》トレとランニングを日課《にっか》にして体づくりに取り組みだしたりした。とにかくしおりに好かれるために一生懸命《いっしょうけんめい》なのだ。

だからしおりは、彼《かれ》ががんばればがんばるほど、心苦しくてしかたがなかった。なにしろ、『はじめから彼《かれ》の告白を受けるつもりがない』のだから。

「ねえ、智《さとし》」

「ん？　なに？」

しおりは、カウンターのすぐ前の席で黙々《もくもく》と文庫本を読んでいた智《さとし》に声をかけた。他の生徒はだれもいない。

「あのさ……なんていうか……どうして私《わたし》にそんなに絡《から》むの？　自分で言うのも何だけど、私《わたし》けっこうあんたにひどいこと言ったりしてるのに」

「初恋《はつこい》だから」

「……」

智《さとし》は、少し遠くを見るような、真剣《しんけん》な目をした。

「初恋《はつこい》だから、かんたんにあきらめたくないんだ」

まっすぐな声だ。しおりは、胸《むね》を締《し》めつけられるような思いで、うつむいた。

もうだめだ。これ以上は。

これ以上、彼《かれ》に嘘《うそ》をつき続けることは、できない。

「あのね、智《さとし》……。私《わたし》も、初恋《はつこい》を大事にしたいんだ」

「え？」

「私《わたし》、実はそんなに本読まないんだよね。でも、小学校のころ、友だちのつき合いで行った市立図書館で、別の学校に通う男の子に会って……その子のこと好きになったの」

「……え」

「何か本を探《さが》してると思われたみたいで、話《はな》しかけられてさ、すごく優《やさ》しくて、いろんなことを知ってて、同い年だったみたいだけどすごく大人《おとな》っぽく見えて……。その子に会いたくて市立図書館に通ううちに、本は読まないけど静かな空間は好きになった」

しおりは、手帳に挟《はさ》んであった一枚《いちまい》の写真を取り出し、智《さとし》に見せた。それが礼儀《れいぎ》だと思ったから。そこには、幼《おさな》いころの、黒髪《くろかみ》でメガネを掛《か》けた小学生のしおりと、それより少し背《せ》の低い、ふちの太いメガネを掛《か》けた丸顔の男の子が並《なら》んで写《うつ》っていた。

「名前も聞く機会がなかったし、彼《かれ》は急に来なくなって、私《わたし》も行かなくなったけど、私《わたし》はずっと忘《わす》れられなくて。まだ気持ちの整理がついていないみたい。……だから、ごめん」

しおりは、精一杯《せいいっぱい》の真摯《しんし》な気持ちで深く頭を下げた。つき合う気もないのに思わせぶりともいえる態度《たいど》を続けて、激怒《げきど》されても罵倒《ばとう》されてもしかたないと思った。しかし。

「それ、司書さんがプリントしてくれたやつだよな。あの時期だけ家の事情《じじょう》で別の町に引《ひ》っ越《こ》してたんだ。覚えてるのは俺《おれ》だけだったのかと思ってた……」

え？　と顔を上げたしおりに、智《さとし》は泣き笑いのような顔で、胸《むね》の内ポケットから一枚《いちまい》の色あせた写真を取り出した。写《うつ》っているのは、しおりのそれとまったく同じものだった。

「再会《さいかい》したらどうしてもリベンジしたくなってさ。あの時言えなかったことで後悔《こうかい》したのを、今またくり返したくないって思ったんだ」

彼《かれ》の自然な笑顔が記憶《きおく》の中の男の子と重なり、ようやくしおりにもわかった。信じられない事態《じたい》に、唇《くちびる》が震《ふる》える。

「あらためて言うよ。俺《おれ》とつき合って欲《ほ》しい。初恋《はつこい》なんだ」

ホイッポー

昔あるところに、ヒポポタマスがのんびりと暮《く》らす島がありました。

ヒポポタマスとは、太い足と大きな口をもつ、陸の動物です。だいたい、のんびりやさんで、ぽっちゃりと太っています。

ある夏、いつもの嵐《あらし》が島に来て、去っていったあとのこと。

ヒポポタマスたちは、砂浜《すなはま》に行ってびっくりしました。黒々としたホエールが、たくさん打ち上げられていたからです。

ホエールとは、とても大きな身体《からだ》をもつ、海の動物です。立派《りっぱ》なひれがありますが、足はありません。だから、陸に上がってしまったら、もう動けません。

「大波に運ばれてしまったんだね」

「今年の嵐《あらし》は、とくにひどかったからなあ」

ヒポポタマスたちは一日かけて、ホエールを一頭ずつ押《お》し、海へ返しました。

「おかげで、命拾《いのちびろ》いしました」

「助けてくれて、どうもありがとう！」

ホエールたちは感謝《かんしゃ》して、元いた海域《かいいき》へと、泳いで帰っていきました。


次の夏も、いつものように、嵐《あらし》が島に来て去りました。

すると、また、数え切れないほどのホエールが、砂浜《すなはま》に打ち上げられていました。

集まったヒポポタマスに、ホエールは、

「ここ数年で、海の温度が上がって、海流が変わってしまったんです」

「以前は、ひどい嵐《あらし》でも、ここまで運ばれることはなかったのに」

と、口々に言《い》い訳《わけ》しました。

「天気が変なのには、ぼくたちも困《こま》ってる」

「困《こま》った時には、お互《たが》いさまだ」

ヒポポタマスたちは、またみんなで力を合わせ、ホエールを海へ戻《もど》してあげました。

でも、ホエールは重くて押《お》すのが大変だし、ヒポポタマスの山の村では、あとまわしにした片付《かたづ》けが待っています。ひどい嵐《あらし》のあとは、山の村だってぐちゃぐちゃになるのです。

みんな、少し腹《はら》が立っていました。


次の夏、また、嵐《あらし》が来て去りました。

砂浜《すなはま》には、今度は一頭だけ、ホエールが打ち上げられていました。

ヒポポタマスは、それを見ましたが、もう、だれも助けに来ません。

でも一頭だけ、変わり者がいました。ヒッポというその青年は、砂浜《すなはま》へ行くと、そのホエールに話しかけました。

「ごめんね。みんな家の片付《かたづ》けが忙《いそが》しいみたい。ぼくだけじゃ力が足りなくて、きみを海に戻《もど》してあげられない」

「いいの」

若いホエールは、弱々しく返事をします。

「あのあたりの海はもう、変わっちゃったのに……私《わたし》たち、何もしなかったんだから。危《あぶ》ないとわかっているのに、引《ひ》っ越《こ》さなかった私《わたし》たちが悪いの」

ホエールの名前は、エールといいました。

「私《わたし》がこうして帰れなくなって、消えてしまったら、きっと仲間はおどろくわ。ショックを受けたり悲しんだりして、そしてやっと決心して、安全な海へ引《ひ》っ越《こ》すでしょう」

かわいそうに思ったヒッポは、エールのまわりに穴《あな》を掘《ほ》って、海水を流《なが》し込《こ》んであげました。

それから、来る日も来る日も、ヒッポはその穴《あな》を広げ、新しい海水を入れ、苦労して捕《つか》まえた魚を運び、エールの命をつなげました。みんなからは、ますます変わり者扱《あつか》いされます。それでもヒッポはかまわずに、エールのそばで暮《く》らしました。

二頭はだんだん、夫婦《ふうふ》のように心を通わせていきました。

やがて、島に大雨がやってきました。見たこともないような、はげしい雨と雷《かみなり》でした。

ヒポポタマスたちは、山の家に隠《かく》れました。

ところが、ヒッポだけは、砂浜《すなはま》のエールのもとにとどまりました。これはエールを助けるチャンスだと思ったからです。

荒《あ》れた海から、大波が打《う》ち寄《よ》せます。山からは、泥《どろ》の洪水《こうずい》が押《お》し寄《よ》せます。砂浜《すなはま》は泥《どろ》の湖のようになり、エールの住む穴《あな》にも雨水が流《なが》れ込《こ》んで渦《うず》を巻《ま》き、海へとあふれ出しました。

打《う》ち寄《よ》せる波に何度倒《たお》されても、ヒッポは立ち上がり、エールを押《お》しました。

そうしてエールを泥《どろ》の流れに乗せ、海へ帰したのです。

「さよなら……ありがとう。ヒッポのこと、ぜったいに忘《わす》れない」

エールは、大きな力に押《お》し流《なが》されて、すぐに見えなくなりました。

雨がやんだ時、砂浜《すなはま》は、倒《たお》れた木と岩と、ヒポポタマスの村から流れてきたものでいっぱいでした。もう、エールの住んだ穴《あな》は、あと形もありません。

それでもヒッポはひとりきり、水平線を眺《なが》めながら、海辺で暮《く》らしました。ヒポポタマスたちからは、すっかり仲間外れにされて、山の村では居心地《いごこち》が悪いのです。夏ごとに嵐《あらし》は来ましたが、ホエールが打ち上げられることは、もうありません。きっとエールと仲間たちは、安全なところに引《ひ》っ越《こ》したのです。大きな身体《からだ》で、ゆうがに泳いで、広い海を渡《わた》ったのでしょう。

そう思うと、ヒッポは幸せでした。エールが話してくれた、島の外のことを想像《そうぞう》しながら暮《く》らしました。

何年もたって。

ある日、海から、見たこともないような、妙《みょう》な動物が上がってきました。

その動物は、砂浜《すなはま》でヒッポを見ると、うれしそうにあいさつしました。

「初めまして。ぼく、ホィッポー!」

ホィッポーには、ひれがあるし、太い足もあります。ホエールのように海を泳ぎ、ヒポポタマスのように陸を歩けるのです。それに、ホエールくらい大きくて立派《りっぱ》でした。

ヒッポがおどろいていると、ホィッポーは言いました。

「ママは仲間のホエールたちと、パラダイス島の近くに引《ひ》っ越《こ》したよ。今までよりもずっと安全で、すてきなところだって、ママ言ってた。だけど、ママはいつもさみしそうにしてるんだ。だから、パパを探《さが》しに来たの！」

それを聞いて、ヒッポにはすぐにわかりました。ホィッポーは、ヒッポとエールの、子どもだったのです。

「ぼくもエールに会いたい！」

ヒッポは、心を決めました。

ホィッポーの力を借りて、エールのところへ行こう。

そして、親子で一緒《いっしょ》に暮《く》らそう。

もしそれができたら、天気が変で崩《くず》れそうなこの島から、仲間のヒポポタマスたちを助け出すことも、いつの日か……できるかもしれない。

そう思うと、目の前が、ぱっと開けるような気がしたのです。

「今までの苦しかったことも、うれしかったことも、何もかも、このためだったんだ」

ヒッポは、不思議《ふしぎ》な動物ホィッポーの背《せ》に乗って、島をあとにしました。

エールのいる、パラダイス島へ向かって……！

秋が降《ふ》る公園

日曜日の夕方、公園に立《た》ち寄《よ》ったのは気まぐれだった。

退屈《たいくつ》な中学一年生が考えそうなこと。曇《くも》り空《ぞら》のせいでなんだかブルー。

私《わたし》は毎日がつまらない。テレビも見ないし仲のよい友だちもいない。

小さな公園にあるのはブランコと砂場《すなば》、そしてベンチだけ。

「もう帰ろうかな」

ふと公園の入口に目をやった私《わたし》は、思わず立ち止まった。

入口にある二本並《なら》んだ腰《こし》くらいまでの高さのポール。そこに男の子が座《すわ》っていたからだ。雲のすきまからさすオレンジの夕陽にまぶしそうに細める目と、風に揺《ゆ》れる黄金色の髪《かみ》に思わず見とれてしまった。

目線を移《うつ》すと、彼《かれ》が私《わたし》の中学校の制服《せいふく》を着ていることに気づいた。

見たことがない人だから上級生なのかな。

少し緊張《きんちょう》しながら横を通りすぎる時、

「失礼します」

そう言った私《わたし》に、彼《かれ》は「あ」とたしかに言った。

「え?」

「あ、いや……急に声をかけるからびっくりして」

固まる私《わたし》に、彼《かれ》は少し表情《ひょうじょう》をやわらかくした。ふだんなら軽く会釈《えしゃく》して帰るところ。

だけどなぜか私《わたし》は、自分の意志とは反対《はんたい》に向かい側のポールに腰《こし》をおろしていた。

退屈《たいくつ》すぎる日曜日に、少しくらいのニュースがあってもいいような気がしたから。

ううん、それよりも……彼《かれ》と話がしたかったからかも。

「ここから見てたよ。不機嫌《ふきげん》そうな顔をして公園をさまよってたね」

おかしそうに笑う彼《かれ》の笑顔は、まるで夏の太陽のように明るかった。まぶしさに思わず目を逸《そ》らした私《わたし》は、意識《いしき》して頬《ほお》をふくらませた。

「だって中学一年生って案外大変なんですよ。勉強も友だち関係もぜんぶ」

「ふふ。反抗期《はんこうき》ってやつだね。中一の時は僕《ぼく》もそうだったなぁ」

じんわりとカイロのようにおなかがあたたかくなっていく。まるでかばうような言い方に先輩《せんぱい》がやさしい人なんだと思った。

「先輩《せんぱい》は、ここで何をしているんですか？」

「待ち合わせだよ。まぁ、相手は来ないけど」

「それって、先輩《せんぱい》の……」

「彼女《かのじょ》だよ」

当たり前のように答えた先輩《せんぱい》に、「そうなんですか」とうなずきながら少し傷《きず》ついている私《わたし》がいる。会ってすぐなのに、まるで恋《こい》をしちゃったような気持ちだったから。

「彼女《かのじょ》はここに来ると約束してくれたんだ。だけど、どうやら僕《ぼく》はフラれたみたい」

ひとりごとのように言う先輩《せんぱい》に、私《わたし》はいてもたってもいられなくなる。

「……フラれたってまだわからないじゃないですか？　どうして決めつけるんですか？」

「どうしてって……。彼女《かのじょ》にとって僕《ぼく》はもう終わったことなんだよ。受験も近いしね」

「そんなのまだ……わからないじゃないですか」

「わかるよ。だって、いくら待っても彼女《かのじょ》は――」

サーッ
急に降《ふ》りだした雨の音が、先輩《せんぱい》の言葉尻《ことばじり》を消した。車が水を跳《は》ねて通《とお》りすぎていく。

「あきらめないでください。いっそのこと迎《むか》えにいったらどうですか？　もしくは電話してみるとか」

「え？」

「待ってるだけじゃダメです。自分から行動して、それでもダメならあきらめましょうよ！」

両手で拳《こぶし》をつくる私《わたし》に、先輩《せんぱい》は目をぱちくりさせた。

「どうしてきみがそんなに一生懸命《いっしょうけんめい》なの？」

「わかりません。でも……待っても来ないなら迎《むか》えにいってあげて欲《ほ》しい。彼女《かのじょ》の本当の気持ちを確《たし》かめてからでも、あきらめるのは遅《おそ》くないと思います」

「そんなことできればとっくにしているよ」

悲しい顔の先輩《せんぱい》をこれ以上見たくなかった。太陽のように笑っている先輩《せんぱい》が見たかった。ゆっくり視線《しせん》を道の向こうに戻《もど》した先輩《せんぱい》が、

「あっ」

短い声をあげたので振《ふ》り返《かえ》る。

向こうから黒い傘《かさ》をさした人が歩いてくるのが見えた。同じ中学校の制服《せいふく》に身を包んだ生徒、それは肌《はだ》の白いキレイな人だった。

「冬音《ふゆね》……」

つぶやくような声を落とした先輩《せんぱい》が、ふらりと立ち上がった。

「先輩《せんぱい》？　ひょっとして……」

私《わたし》の問いに、先輩《せんぱい》は静かに首をこくんと振《ふ》った。

「やっと、やっと来てくれた」

数歩進んでから、喜びをかみしめるように両手で顔を覆《おお》った先輩《せんぱい》。うれしさが伝わってきて、私《わたし》も思わず涙《なみだ》がこぼれそうになる。

通り雨は過《す》ぎたらしく、冬音先輩《ふゆねせんぱい》は傘《かさ》をたたんだ。長い黒髪《くろかみ》が美しい人。

「純一《じゅんいち》……」

先輩《せんぱい》の名前を呼《よ》ぶ優《やさ》しい声が聞こえた。ふたりが一歩ずつ近づいていく。

これ以上は見ていちゃダメな気がして、もう帰ろう、と私《わたし》が足を一歩踏《ふ》み出《だ》した時、不思議《ふしぎ》なことが起きた。

冬音先輩《ふゆねせんぱい》がスッと先輩《せんぱい》の横を通《とお》りすぎたのだ。

……え？

彼女《かのじょ》はさっきまで先輩《せんぱい》がいたポールまで進むと、その場にしゃがんだ。右手に持った袋《ふくろ》を地面に置き、何か取り出す。

そうして、冬音先輩《ふゆねせんぱい》はゆっくりと両手を合わせて目を閉《と》じた。

「純一《じゅんいち》、あの事故《じこ》から今日で一年だね……」

「事故《じこ》……？」

冬音先輩《ふゆねせんぱい》の言った言葉の意味がわからない。

「あなたがいなくなって、もう一年なんて信じられない。あなたが暴走《ぼうそう》した車にひかれたって知った時は、信じられなくって……。お葬式《そうしき》にも行けなくて、本当にごめんね」

足元から何かが這《は》い上《あ》がってくる感覚に、めまいを覚えた。

ポールの前には、小さな花束とペットボトルのジュースが数本置かれていた。

「先輩《せんぱい》は……亡《な》くなっているの？」

私《わたし》のつぶやきに先輩《せんぱい》は大きな息を吐《は》いてうつむいてしまう。

先輩《せんぱい》はここで事故《じこ》に遭《あ》って亡《な》くなっていたんだ……。

もう一度手を合わせてから立ち上がった冬音先輩《ふゆねせんぱい》が涙《なみだ》を止めるように空を見上げた。

「一年がたって、ようやくここに来られた。純一《じゅんいち》、本当にごめんなさい」

涙《なみだ》をまたひとつぽろりと落として、冬音先輩《ふゆねせんぱい》は去っていった。

事故《じこ》によって奪《うば》われたたったひとつの命。それがたくさんの悲しみを生んでいる。

間もなく夜になろうといううす暗い公園前のポールに、先輩《せんぱい》は静かに座《すわ》っていた。

鼻をすする私《わたし》に、先輩《せんぱい》は笑いかける。

「ひどい顔しているな」

「先輩《せんぱい》のせいじゃないですか」

「確《たし》かに」と、うなずいてから先輩《せんぱい》は笑みを消した。

「きみのおかげで、なんだかラクになれそうだ」

「そんな……私《わたし》なんてなんにもしてないですよ」

首を振《ふ》る私《わたし》に、「いや」と先輩《せんぱい》は言った。

「この一年間、ずっと苦しかった。だけど、今は少しだけおだやかな気持ちなんだ。きっと、冬音《ふゆね》が来てくれたからだね」

目を細めてから、先輩《せんぱい》は私《わたし》を見た。

「これからはあっちの世界で見守ろうと思う」

指で空をさした先輩《せんぱい》に、私《わたし》はつられて顔を上げる。

「これでお別れだよ、ありがとう」

先輩《せんぱい》の体の輪郭《りんかく》は、世界が夜になるよりも早く溶《と》けていく。きっと、冬音先輩《ふゆねせんぱい》にもう一度会えたことで、この世に縛《しば》られていたクサリが解《と》けたのだろう。

うすくなっていく姿《すがた》で、先輩《せんぱい》は私《わたし》の手を握《にぎ》った。それは思ったよりも強い力だった。

「きみも、僕《ぼく》と同じように早く〈今の自分〉を受け入れることを願っているよ」

「え？」

「僕《ぼく》に言えることはそれだけ。先に逝《い》ってるから」

太陽みたいな笑顔を残して、風景に溶《と》けていく先輩《せんぱい》。

やがてその姿《すがた》が消えてしまったあと、すっかり暗くなった世界にひとり残された私《わたし》は気づく。

最初に話《はな》しかけた時、先輩《せんぱい》はひどくおどろいていたよね。
私《わたし》は最近、先輩《せんぱい》以外と話をした？
日曜日以外はどこで何をしているの？
何ひとつ思い出せない。
そういえば、冬音先輩《ふゆねせんぱい》は先輩《せんぱい》だけでなく私《わたし》の存在《そんざい》にも気づいていないようだった。
「そっか……」
足元でくるくる踊《おど》る枯《か》れ葉《は》を見ながら、自分に起きたことを思い出す。
ずいぶん前に、病気で死んでしまっていたことを。
言われるまで気づかずに、ずっとさまよっていたんだ。
先輩《せんぱい》も今の私《わたし》の状態《じょうたい》を心配してくれていたんだね。
「だれかに感謝《かんしゃ》されてうれしかった。……ありがとう、先輩《せんぱい》」
そうつぶやくと私《わたし》の目の前は闇《やみ》に包まれた。
感じたことのない幸福感の中、私《わたし》は消えていく。

彼《かれ》の好みは

以下は、中学一年生、森野菜々子《もりのななこ》の日記である。

9月19日（水）

やったーっ！　三日連続だし、まちがいない！　大発見だーっ！

あの小さい公園、サッカー部の佑真《ゆうま》くんが部活帰りにいつも友だちとダベりに寄《よ》ってるって話してた場所だ。前にも一回さりげなく探《さが》して見つからなかったけど、まさか偶然《ぐうぜん》見つかるなんて。モップえらい！　さすが長年うちのペットやってるだけある！　たまたまモップの足に任《まか》せていつもと散歩コース変えてみたらこれだもん。モップみたいな外見の犬だから私《わたし》がモップって名付けちゃったけど、ただのヨークシャーテリアじゃないと思ってたわ！　あー、新しい散歩コースはあの道で決まりね！

9月20日（木）

佑真《ゆうま》くん、かっこよかったなー。今日もモップの散歩の途中《とちゅう》で公園のぞいてきちゃった。垣根《かきね》ごしにこっそりのぞいてたから、バレてないよね？

あーあ。二学期になって佑真《ゆうま》くんと席離《はな》れちゃったからなー。前は教科書忘《わす》れた時に机《つくえ》くっつけたりできたけど、今は全然話す機会がないんだよなー。授業中《じゅぎょうちゅう》とか、けっこう見てるんだけどなー。ちっとも気づいてくれないし。

でも今日は、いいこと聞いちゃった！　盗《ぬす》み聞《ぎ》きなのがちょっと罪悪感《ざいあくかん》あるけど、この際《さい》だし、まあいっかってことで。佑真《ゆうま》くん、一緒《いっしょ》にいる部活の友だちに、なんか相談してたみたいなんだよね。で、その時言ってたのよ。『小柄《こがら》な子がいい』って。これはもう、あれよね。女子では私《わたし》しか知らない情報《じょうほう》でしょ！　やるしかないってことでしょ！　がんばるぞーっ！

9月21日(金)
がんばったよ、私《わたし》……。なるべく小さく見えるように縮《ちぢ》こまってさ、歩き方も歩幅《ほはば》を小さくしてチョコチョコ歩きにしたんだけど、アヤカが「どしたんナナ。なんかすごい猫背《ねこぜ》だよ。歩き方もドロボーっぽい」って！ ひどっ！ 佑真《ゆうま》くんも気づいてくれなかったし、すぐやめたわ……。
で、気を取り直して今日の新情報《しんじょうほう》！ 盗《ぬす》み聞《ぎ》きなのはもう気にしない！
『あんまりうるさい子だと困《こま》る』だって！ これって、物静かな子が好きってことだよね？ これは生活を改めないといけないわ。やるぞーっ！

9月25日(火)
いやー、まいったわ。物静かな子になろうとして、休み時間も自分の席で本読んでたら、城崎《しろさき》さんに話《はな》しかけられてさ。「森野《もりの》さん、私《わたし》も太宰《だざい》が好きなの！ ねえ、どの作品が一番好き？」って……いやいや、これ図書室でテキトーに借りてきたやつですとか本当は読んでるフリしかしてないですとか言えないし。ダザイオサムなんて知らんし。教科書に載《の》ってたっけ？　そのあと昼休み中ずっと文学とかの話聞かされて、頭割《わ》れるかと思った……。もうこの路線はやめよう。疲《つか》れた。なんか老《ふ》けたわ。十歳《さい》くらい。

で、今日は『目がぱっちりしてるほうがいい』とか聞こえたんだよね。うーん……佑《ゆう》真《ま》くんってもしかしてけっこうメンクイってやつなのかなあ。自信なくしそう……。

まあとにかく、目を二重《ふたえ》にするのり・も買った。ちょっと高かったけど。あとは常《つね》に目をぱっちり開く練習！　お風呂《ふろ》上がりにまたやろうっと。

9月26日（水）

サイアク！　なんだよもうアヤカたち！　「ギョロ目」とか言うなし！　授業《じゅぎょう》で『真実の口』とかいう外国の石像《せきぞう》みたいなん出てきて、ギョロ目が似《に》てるからってあだ名が『くち子』になりかけたし！　全力で阻止《そし》したわ！　こっちは目開きすぎて一日でドライアイだし！　二重《ふたえ》にするのり・高かったのに！　もう使わん！　知らん！

『元気でよく動く子がいい』って今日の新情報《しんじょうほう》です、はい。ああーもう佑真《ゆうま》くんとつき合いたいよー！　佑真《ゆうま》くーん！　こんなにがんばってるんだから気づいてよー！　サッカー選手の移籍《いせき》の話ばっかりしてないで、私《わたし》のこと見てよぉ！　うえーん……。

9月27日（木）

もうだめだ……。ああ、もう、目の前真っ暗……。佑真《ゆうま》くん、活発な子が好きなんだと思ってさ、背中《せなか》まであった髪《かみ》をバッサリとショートカットにしたら……ううっ、もう泣きそう。今日、公園で佑真《ゆうま》くんが『毛はショートよりロングがいい』って言ってるのが聞こえて……。もういい。あの公園に行くの、もうやめる。

しかし翌日《よくじつ》。

菜々子《ななこ》はやはり公園の垣根《かきね》ごしに佑真《ゆうま》と友人の話に聞き耳を立てていた。努力が報《むく》われず心はズタボロだが、やめられないのだ。しかし、今日は事件《じけん》が起こった。いつもはおとなしく座《すわ》っているペットのモップが、佑真《ゆうま》たちのいるほうへと飛び出したのだ。

「あっ！　モップ、だめ！」

「ん……森野《もりの》？　……ああっ、ヨークシャーテリアじゃん！　飼い犬《いぬ》か？　うわーっ」

佑真《ゆうま》は満面の笑みでモップをなではじめた。飼《か》い主《ぬし》に似《に》たのか、モップもおなかを見せてご満悦《まんえつ》だ。そして佑真《ゆうま》が語る衝撃《しょうげき》の事実。

「いいなあ。俺《おれ》さ、犬が飼《か》いたくて、家がペットショップのこいつに相談してたんだ。小さくて目がパッチリで元気で毛が長くて、でもあんまりうるさく鳴かないやつ」

「い、犬……？　犬……そ、そっか……犬のことだったんだ……」

呆然《ぼうぜん》とする菜々子《ななこ》に、佑真《ゆうま》は最高の笑顔を向けた。

「こいつモップっていうのか？　かわいいなあ。散歩中？　今度俺《おれ》も散歩についていってもいい？」

その日のモップの晩《ばん》ごはんは、いつもより豪華《ごうか》だったという。

世界の終わり、きみとのはじまり

「つき合ってください」

カズがそう言った時、私《わたし》は教室の窓《まど》の外を見ていた。

暑さに蜃気楼《しんきろう》が揺《ゆ》れる景色は、なんだか海の底にいるみたい。

――そんなことを思っていたから、それが告白だと認識《にんしき》するのに時間がかかってしまった。

「……は？」

思わず出た言葉に、カズはムッとした表情《ひょうじょう》になる。

「だから、ヒナが好きなんだよ」

「え、それって本気で言ってるの？」

続いてこぼれた冷たい言葉に、カズはため息をついて前の席の椅子《いす》に乱暴《らんぼう》に座《すわ》った。

教室には今日も私《わたし》たち以外だれも来ていない。

世界が終わる寸前《すんぜん》に、学校に来るなんてよほど暇人《ひまじん》な私《わたし》たちくらいだ。

「本気に決まってるだろ」

ふてくされたような顔をじっと見つめるけれど、カズは視線《しせん》を外さない。

「なんで今なの？」

「言いたくなったから。告白したい気持ちになった時が告白のタイミングだろ」

ニッと口の端《はし》を上げて笑うカズ。この笑顔が好きなのに、どうして愛想《あいそ》のないことばかり言ってしまうんだろう。

「私《わたし》もカズのことが好きだよ。でも、今はマズいでしょ」

「やった！」

興奮《こうふん》したように立ち上がるカズに、後半の言葉は届《とど》いていないようだ。

ぴょんぴょん飛んで喜ぶカズは、まるで子どもみたい。

『もう中学二年生なんだから、しっかりしなよ』と、これまで何度言ってきただろう。

幼《おさな》なじみのカズは、昔からちっとも変わっていない気がする。

「聞いて。ね、聞いてってば」

「なんだよ。喜びに浸《ひた》らせてくれよ」

唇《くちびる》を尖《とが》らせてそわそわと落ち着きのないカズ。

そりゃ私《わたし》だって、ずっとカズのことは意識《いしき》していたよ？

空想の中で、いつか告白されるシーンのシミュレーションもくり返していた。

でも、それはこの場面じゃないわけで。

「わかってる？　もうすぐこの星を脱出《だっしゅつ》するんだよ？」

「うん」大きくうなずくカズに呆《あき》れ顔《がお》になる私《わたし》。

「避難《ひなん》した土地に行っても、どこの場所に住むかもわからないんだよ？　それなのに、なんで告白するの？」

「へ？」不思議《ふしぎ》そうな顔をカズは一瞬《いっしゅん》してから口を開く。

「離《はな》れ離《ばな》れになっても、ちゃんと見つけられるように告白したんだよ」

そう言って真っ白い歯を見せて笑った。

校舎《こうしゃ》から一歩出ると、暑さが体全体を襲《おそ》ってきた。揺《ゆ》れている景色は今にも溶《と》けそうに見える。

温暖化《おんだんか》のせいでこの星が危《あぶ》ない、と言われ出したのはお父さんやお母さんがまだ若《わか》かったころらしい。今や、この星の中心にある核《かく》と呼《よ》ばれる部分が爆発寸前《ばくはつすんぜん》だというが詳《くわ》しくはわからない。

古くから交信していた近くの星への脱出《だっしゅつ》計画には、長い時間が費やされた。

その間にも、温暖化《おんだんか》は進んだらしい。今じゃ、年中暑くてたまらない。

都心部の脱出《だっしゅつ》は終わり、そのあと、田舎《いなか》のほうもすでに空っぽ状態《じょうたい》。

私《わたし》の住んでいるエリアの人たちもほとんどの人が避難《ひなん》してしまっている。

「あー早くあっちの星へ行きたいわ」

まぶしそうに目を細めるカズのぼやきに、私《わたし》もうなずく。

カズと両想いだとわかってから、ヘンに意識《いしき》してしまって会話が続かない。

いつもどんな話をしていたっけ？

カズとうちのお父さんは、国の機関で働いている。私《わたし》たち家族が最後まで脱出《だっしゅつ》できないのはそのせいだ。

あと数日で残っている全員が脱出《だっしゅ》するみたいだけれど、今のところ、そんな気配は見受けられなかった。

「次の星はどんな場所なんだろうね？　心配じゃない？」

不安が言葉になってしまう私《わたし》に、カズはあっけらかんと笑った。

「大丈夫《だいじょうぶ》、大丈夫《だいじょうぶ》」

「でも、すごーく広い星なんでしょう？　カズと同じ地区に向かうかわからないし……」

「だとしても」少し大きな声を出したカズが、立ち止まり私《わたし》をまっすぐに見た。

「俺《おれ》はぜったいにヒナを探《さが》し出《だ》すからな」

自信満々といった感じのカズに、なんだか肩《かた》の力が抜《ぬ》けた感じがした。

――先のことなんて、だれにもわからない。わからないなら、私《わたし》もカズを信じてみようかな。

そう思った時だった。町全体に、空中スピーカーから音が流れ出した。

『ただいまから、脱出《だっしゅつ》のための移動《いどう》をおこないます。すみやかに自宅《じたく》に戻《もど》り、家族がそろいましたら基地《きち》まで集まってください。くり返します――』

「カズッ」思わず顔を見た私《わたし》に、優《やさ》しい目をしてカズが抱《だ》きしめてきた。

なぜだろう。ただ、涙《なみだ》があふれてきた。

「これ、持ってて。離《はな》れててもこれがあれば連絡《れんらく》が取り合えるから」

渡《わた》されたものを見るとそれは、〈サンリエ〉というボタン型の通信機。昔流行《はや》っていたけれど、目にするのは初めてだった。

これを持っていれば、きっとカズとまた会える。

涙《なみだ》を拭《ぬぐ》ってうなずく私《わたし》に、カズは優《やさ》しく目を細めた。

乗《の》り込《こ》んだ宇宙船《うちゅうせん》の内部には、細長いカプセルがいくつも並《なら》べられていた。想像《そうぞう》よりもせまい船内には、五家族ほどしか搭乗《とうじょう》しておらず、カズの姿《すがた》が見当たらない。

「隣《となり》の船に乗ったみたいよ」

お母さんが説明してくれた。さっき別れたばかりなのに、もう会いたかった。

乗務員《じょうむいん》の指示《しじ》により、お父さんとお母さんが見守る中、指定されたカプセルに入った。なんだか現実《げんじつ》のことじゃない気がしている。

いつも寝《ね》ているスペースよりも小さな白い筒状《つつじょう》のベッドに寝転《ねころ》ぶと、透明《とうめい》のふたが自動で閉《し》められる。心配そうな顔のお父さんとお母さんも、それぞれのカプセルに横になった。

透明《とうめい》だったカプセルが白く色を変え、エンジンの振動《しんどう》がかすかに伝わってきた。

ああ、もう出発してしまうんだ……。

その時、カズからもらった通信機が震《ふる》えた。

「カズ?」

『おー、聴《き》こえるな。もう乗《の》り込《こ》んだのか?』

ああ、カズの声だ。

涙《なみだ》ぐみそうになる私《わたし》は、それがバレないよう、

「当たり前じゃん」

なんていつも通りの口調で答えている。

『俺《おれ》も今カプセルに入ったところ。いよいよ出発だな』

「うん」

『大丈夫《だいじょうぶ》か?』

「カズ」

私《わたし》は自然に口にしていた。

『ん?』

「私《わたし》……カズが大好き。ずっとずっと好き」

『俺《おれ》も大好きだよ。おまえには負けないくらい、ずっと前からな』

ふふ、と笑う私《わたし》たち。

「カズ、またあとでね」

『ああ。あとでな』

やがて機体は空に飛び出したらしく、すごい圧《あつ》とともに通信は途切《とぎ》れた。

――私《わたし》たちは大丈夫《だいじょうぶ》。「きっと会える」そう思えば、あんなに怖《こわ》かった脱出《だっしゅつ》も平気だった。

ポーン
電子音に続きロボットのアナウンスが流れはじめる。

目覚めれば、新しい明日《あす》が待っているはずだから。

きっと見つけてね、カズ。

『本機は間もなく太陽系《たいようけい》へと進んで参ります。これより睡眠《すいみん》ガスによりしばらくお眠《ねむ》りいただきます。目が覚めた時には新しい星へ到着《とうちゃく》していることでしょう。新しい星の名前は〈地球〉という名前です』

恋妖奇譚《こいようきたん》

中学二年生の友恵《ともえ》は、夏休み、田舎《いなか》にある祖父母《そふぼ》の家へと遊びに来ていた。

受験生である姉への配慮《はいりょ》から、ひとり八月いっぱい滞在《たいざい》予定。本当はこんな何もない田舎《いなか》にいるのはイヤだったが、がんばっている姉の手前、言い出せなかったのだ。

退屈《たいくつ》で退屈《たいくつ》でしかたないある日。蔵《くら》（大昔の物置）を探索《たんさく》し、古ぼけた小箱にしまわれた、梅《うめ》の花の飾《かざ》りがついたかんざし（大昔の髪飾《かみかざ》り）を見つけた。

「わたくしを起こしてくださったのは、あなたですか？」

「えっ、何！　なんか声が聞こえる！」

かんざしからシュウシュウと煙《けむり》が湧《わ》き上《あ》がり、その煙《けむり》はやがて、赤い花の柄《がら》が入った着物を着た、友恵《ともえ》と同《おな》い歳《どし》くらいの少女の姿《すがた》へと変わっていったのだった。

「トモエ！　トモエ！　起きてください！」

耳元でガンガン声がする。友恵《ともえ》はしばらく布団《ふとん》をかぶって無視《むし》していたが、何度も呼《よ》びかけてくるしつこさに負け、不機嫌《ふきげん》に身を起こした。

「トモエ！　またあの妖術《ようじゅつ》の板札《いたふだ》を見せてください！　トモエ！」

「妖術《ようじゅつ》じゃないって何度も言ったでしょ……。スマホよ、スマホ」

「それです、『すまほう』！　早く『ねっと』という術《じゅつ》で調べ物をしてください！」

子犬のようにくるくると友恵《ともえ》のまわりをまわっているのは、あの時、煙《けむり》の中から現《あらわ》れた少女だった。日本人形のような長い黒髪《くろかみ》に、赤い花柄《はながら》をあしらった薄桃色地《うすももいろじ》の着物。名前は絹《きぬ》、というらしい。彼女《かのじょ》はなんと、ほんの少し宙《ちゅう》に浮《う》いている。友恵《ともえ》にしか見えないという正真正銘《しょうしんしょうめい》の幽霊《ゆうれい》だ。あの日以来ずっと近くでつきまとわれている。

「勘弁《かんべん》してよ、朝っぱらからぁ」

むくれる友恵《ともえ》に、絹《きぬ》はちょっと呆《あき》れ気味《ぎみ》だ。

「もう巳《※み》の刻《こく》ですよ。トモエは少し寝坊助《ねぼすけ》だと思います」

友恵《ともえ》がやれやれとスマートフォンでネットの検索《けんさく》ブラウザを立ち上げると、絹《きぬ》はうれしそうに画面をのぞき込《こ》んだ。出会ってから今日で五日。話を聞くと、どうやら絹《きぬ》は二百年くらい前の江戸《えど》時代に生きていた、友恵《ともえ》の先祖《せんぞ》の姉妹に当たる人物らしい。さすがに大昔の常識《じょうしき》しか知らない幽霊《ゆうれい》だけあって、はじめは現代《げんだい》の車やらテレビやらにいちいち大騒《おおさわ》ぎしていたが、スマートフォンの便利さを知ると、絹《きぬ》は友恵《ともえ》にある頼《たの》みごとをしてきた。

「白尾《しらお》さまにお会いしたいのです。どうか探《さが》してくださいまし」

とのことだ。白尾《しらお》という人物は、絹《きぬ》の話によるとこのあたりに住んでいたようだ。が、地名やら人名やらを組み合わせて検索《けんさく》しても、今のところ有力な情報《じょうほう》はない。

(絹《きぬ》が遅《おそ》くまで調べ物につき合わせるから寝坊《ねぼう》するんじゃない。もうっ)

内心では文句《もんく》を言う友恵《ともえ》だったが、口には出せない。

「ないなあ。ねえ絹《きぬ》。その白尾《しらお》って人は本当にこのへんに……」

そもそもすでに生きてはいない人物だろう。そろそろあきらめてもらいたいという気

※9時から11時のこと。

持ちで問《と》い詰《つ》めようとするが、さっきまでとは打って変わって真剣《しんけん》な表情《ひょうじょう》で画面をのぞき込《こ》んでいる絹《きぬ》の横顔に、友恵《ともえ》は何も言えなかった。

と、その時、画面の上部にピコンとチャットアプリの通知が届《とど》く。いつものクセでタップしてしまって友恵《ともえ》はあせるが、絹《きぬ》は顔を上げ、ぱっと笑顔になった。

「覚えていますよ、トモエ！　それは離《はな》れたところにいる相手とお話ができる『ちゃっと』という術《じゅつ》ですね？　お相手の『涼平《りょうへい》せんぱい』はトモエがお慕《した》いする殿方《とのがた》で……」

「そ、そんなこと私《わたし》、言ってないでしょ！」

鋭《するど》い指摘《してき》にうろたえる。部活の先輩《せんぱい》である涼平《りょうへい》からのメッセージを受信したところはまだ二回しか見られていないのに。しかもどちらもただの部内連絡《れんらく》だ。

友恵《ともえ》は画面を隠《かく》しながら、細心《さいしん》の注意を払《はら》って言葉を選び、何度も自分の中で添削《てんさく》してから、メッセージ内容《ないよう》を了解《りょうかい》した旨《むね》の返信をした。返事ひとつにこんなに真剣《しんけん》になっていれば絹《きぬ》にもバレて当たり前だと気づいたのは、ほっとひと息ついたあとだった。

「やはりお慕《した》いしているのですね」

「……ま、まあ……うん」

認《みと》めた瞬間《しゅんかん》に顔が熱くなった。とはいえ涼平《りょうへい》は人気者で、自分なんかでは振《ふ》り向《む》いてもらえないと友恵《ともえ》はあきらめている。が、絹《きぬ》はますますうれしそうに笑った。

「今の時代は自由にどんな殿方《とのがた》を好きになってもいいのですよね？　すてきです」

出会ってから聞かせた現代《げんだい》の話の中で、絹《きぬ》はとりわけ恋愛《れんあい》に関する話を好んだ。

友恵《ともえ》は何気なく、枕元《まくらもと》に置いてあった、絹《きぬ》がとりついていたかんざしを取り上げる。

「その……絹《きぬ》は白尾《しらお》って人のこと、そんなに好きなの？」

二百年もたってるのに、とは言えなかった。それに友恵《ともえ》には、絹《きぬ》が生きていた時代には自由な恋愛《れんあい》ができなかったという話が、どうにもピンとこなかった。

「お慕《した》いしておりました。まわりに知られぬように、こっそりと逢《あ》っておりました」

絹《きぬ》が悲しげに目を伏《ふ》せる様子は、自分と同年代とは思えないほど艶《つや》があった。本当にその白尾《しらお》という人のことが好きだったのだと、それだけでわかるほどに。

「しかしわたくしは、隣村《となりむら》の見ず知らずの殿方《とのがた》のもとへ嫁《とつ》がなければならず、けれど白《しら》尾《お》さまへの思いを断《た》ち切《き》れなくて……。それならばいっそ、と、わたくしは村を発《た》つ日にとうとうそのかんざしで自分の喉《のど》を突《つ》いて命を……」

「ひゃあああ」

友恵《ともえ》は思わずかんざしを放り投げ、絹《きぬ》が「ああー」とあわててそれを追う。

と、その時、友恵《ともえ》は壁《かべ》に掛《か》かったカレンダーに予定が書《か》き込《こ》まれているのが目に入った。その中のひとつに、『白尾《しらお》神社の掃除《そうじ》』というものがあり、思わず飛び上がる。

「白尾《しらお》神社って、まさか！　おばーちゃーん！　ねえ、おばーちゃーん！」


「トモエ……トモエ……起きてください」

何度も絹《きぬ》に呼《よ》びかけられ、「もう、またぁ？」と友恵《ともえ》は身を起こした。

しかし、部屋は真っ暗。どうやらまだ真夜中のようだ。そのことにもおどろいたが、その暗い部屋で、絹《きぬ》が深々と土下座《どげざ》をしていることにもまたおどろいた。

「トモエ、お願いします。わたくしを白尾《しらお》神社へと連れて行ってくださいませ」

「う、うん。だからそれは明日行くってば。今は外も暗いし……」

「今すぐに！　どうかお願いします！　白尾《しらお》さまがわたくしを呼《よ》んでいるのです！」

友恵《ともえ》は「えっ！」とたじろぐ。まさか幽霊《ゆうれい》に呼《よ》ばれているのだろうか、と。

断《ことわ》りたかったが、絹《きぬ》の真剣《しんけん》な様子をしばらく見て、とうとう腹《はら》をくってジャージに着替《きが》え、懐中《かいちゅう》電灯とかんざしを握《にぎ》りしめた。真っ暗な道を進み、山すそにある石段《いしだん》をしばらくのぼった先に、地図にも載《の》っていない小さな白尾《しらお》神社の社《やしろ》と鳥居《とりい》があった。

その鳥居《とりい》のかげに立つ白いはかま姿《すがた》の男性《だんせい》のシルエットに、友恵《ともえ》は言葉を失った。

見た目は二十代後半くらいの男性《だんせい》なのだが、その髪《かみ》は銀色《ぎんいろ》で、頭にはぴんと立った獣《けもの》の耳、そしておしりには銀色のふさふさなしっぽが五本、ゆらゆらと揺《ゆ》れていた。

「白尾《しらお》さま！」と涙《なみだ》ながらに男性《だんせい》に飛びつく絹《きぬ》を、彼《かれ》は優《やさ》しく抱《だ》きしめ、目を細めた。

「待っていたぞ、絹《きぬ》よ。おまえと再《ふたた》び逢《あ》いたくて神通力《じんつうりき》をきたえるうちに、キツネの妖《よう》怪《かい》から稲荷神《いなりのかみ》になってしまったぞ。さあ、今こそ夫婦《めおと》になろう」

「はい、どこまでも白尾《しらお》さまとともに！　……ありがとうございます、トモエ。わたくしは白尾《しらお》さまのもとへ行きます」

友恵《ともえ》の手の中で、淡《あわ》い光を放ってかんざしが消えていく。同じく、絹《きぬ》と白尾《しらお》の姿《すがた》も。

「う、うそ！　ちょっとまってよ、絹《きぬ》！　いいの？　だって、相手は人間じゃなくて、き、狐《きつね》？　神さま？　ていうかこんな相手だったなんて私《わたし》聞いてないし！　本当にいいの？」

すると、絹《きぬ》はきょとんとした顔で首をかしげた。

「今の時代は、自由に殿方《とのがた》を好きになっていいのですよね？　わたくしも、トモエも」

「あ……」

笑顔のふたりがゆっくりと空気に溶《と》け、あとには静寂《せいじゃく》と月夜だけが残った。

友恵《ともえ》は石段《いしだん》のうえで虫の声を聞きながら、じっと考えた。やがて大きく深呼吸《しんこきゅう》すると、

「そうだよね」と空に向かってうなずき、スマートフォンでメッセージを送った。

『先輩《せんぱい》。夜遅《おそ》くにごめんなさい。大先輩《だいせんぱい》に背中《せなか》を押《お》されて、どうしても今言いたいことがあるので、電話してもいいですか？』

拝啓《はいけい》　わたし

「そろそろ、移動《いどう》するよー」

タイムキーパー係の私《わたし》は腕時計《うでどけい》を見て、三班《ぱん》の五人に声をかけた。

古い建築《けんちく》を集めたテーマパークをめぐるグループ学習は、中学二年の三学期に行われる。班《はん》ごとに選んだ建物を五つめぐり、写真を撮《と》って建物ができた歴史を調べ、後日、学校で新聞にして発表するのだ。

人力車のコーナーで、男子の笑い声があがった。

私《わたし》はつかつかと近づいて、奏多《かなた》たち男子三人をにらみつける。

「ほら、行くよ。一時半までに次のチェックポイントに着かないといけないんだから」

「えー、もう?」

奏多《かなた》が口を尖《とが》らす。

「牛じゃないんだから、モウモウ言わないっ」

「ブーブー」

あはははっと、班長《はんちょう》の由佳《ゆか》が笑った。

「でた、麻衣《まい》と奏多《かなた》の夫婦漫才《めおとまんざい》」

私《わたし》と奏多《かなた》は同じバドミントン部で、一年生のころから、何かとツッコミ合ってきた。

「夫婦《めおと》じゃないって」

私《わたし》の横で、奏多《かなた》がうなずく。

「そうだよ。コンビと言ってよ」

「コンビでもない！」

私《わたし》は強い口調で否定《ひてい》して、顔がにやけそうになるのをごまかす。

心の中では（きゃあ、コンビだって♡）と、はしゃいでいた。

私《わたし》は、ずっと前から奏多《かなた》が好きだった。

だけど、好きだと知られたら、今のような関係ではいられなくなる。気軽に話して、笑い合えるこの関係をなくしたくない。

私《わたし》はふうっと、小さく息を吐《は》いて気持ちを切りかえた。

「次、行くよー」


最後のチェックポイントは、明治時代にできた郵便局《ゆうびんきょく》。

ここには「十年レター」という、預《あず》かった手紙を十年後に配達するサービスがある。

このサービスを利用して、十年後の自分に向けて手紙を書くという課題が出ていた。

私《わたし》は窓口《まどぐち》で「十年レター」のセットを買い、局内のテーブルに向かった。大きなテーブルに、三班《ぱん》の男子と女子が分かれて座《すわ》っている。

私《わたし》は由佳《ゆか》の隣《となり》に座《すわ》って、便せんを広げた。

十年後、私《わたし》は二十四歳《さい》になっている。就職《しゅうしょく》しているのかな。なんの仕事をしているんだろう？　カレシとか、いるのかな。うーん、そんな大人《おとな》に何を言えばいいんだろう。

私《わたし》は由佳《ゆか》の手元をのぞいた。

「由佳《ゆか》、なんて書いた？」

「やだ、見ないでよっ」

由佳《ゆか》が、あわてて手紙を隠《かく》す。

「あ、ごめん」

私《わたし》は急いで目を逸《そ》らした。

そうだよね。自分にあてた手紙なんて、見られたくないよね。

私《わたし》はぼんやりと考えた。

人に見られるのははずかしいけど、自分が読むなら、何を書いてもはずかしくない。

いや、はずかしいかもしれないけど、今の気持ちを書きとめておくのはいいかもしれない。

――拝啓《はいけい》、わたし。

私《わたし》は今一番大事な気持ち――奏多《かなた》を好きだという気持ちを、書きはじめた。

まもなく、由佳《ゆか》が「書けた！」と言い、他の班員《はんいん》も封筒《ふうとう》にのりづけをしはじめた。

テーブルの端《はじ》で、奏多《かなた》が立ち上がる。

「オレ、ちょっとトイレに行ってくる」

みんなは書き終わったんだ。私《わたし》も早く書かなきゃ。

私《わたし》は他の人に見えないよう、腕《うで》と頭で隠《かく》すようにして手紙を書いた。

「できた」

書き終えた手紙を封筒《ふうとう》に入れて、しっかり封《ふう》をする。

と、見まわりに来た先生の声が響《ひび》いた。

「富原一中《とみはらいっちゅう》のみなさん、急いでください。集合時間まであと十分ですよ！」

「やばっ」

由佳《ゆか》がテーブルに置いてあった封筒《ふうとう》をかき集める。

「出してくるね」

と、窓口《まどぐち》に行こうとしたので、私《わたし》はあわてて引き止めた。

「待って。まだ住所を書いてない！」

「あ、ごめん。どれ？」

由佳《ゆか》がテーブルにもう一度、封筒《ふうとう》を置いた。

私《わたし》はばっと、宛名《あてな》の書かれていない封筒《ふうとう》をつかんで、住所と名前を書く。

「自分で出すね」

と言って封筒《ふうとう》を持って窓口《まどぐち》に向かうと、トイレに行っていた奏多《かなた》が戻《もど》ってきた。

「オレの手紙は？」

「テーブルにあるよ」

「おお」

バタバタとテーブルに向かう奏多《かなた》を見送り、私《わたし》は窓口《まどぐち》の前に立った。そして、神さまに願いごとをするような気持ちで、窓口《まどぐち》に封筒《ふうとう》を差し入れて頭を下げた。

「よろしくお願いします！」

それから十年後——。

ひとり暮《ぐ》らしをしている私《わたし》のもとに、実家から十年レターが転送されてきた。

「わ、すごい。本当に届《とど》いた」

私《わたし》はまじまじと、封筒《ふうとう》を見た。

封筒《ふうとう》の字、私《わたし》じゃないみたい。中学の時、こんな字を書いてたんだ。手紙には、なんて書いたんだっけ？

ていねいに封筒《ふうとう》を開けて、便せんを広げる。読みはじめて、ぎょっとした。

『十年後のオレへ。

大人《おとな》になったオレに何を言ったらいいかわからないので、今の気持ちを書いておきます。

今のオレには、好きな人がいます。

いつもふざけ合っている、本条麻衣《ほんじょうまい》。

こんなふうに笑い合える人と会えて、よかったです』

これって……。

その時、スマートフォンが鳴った。画面に表示《ひょうじ》されているのは、知らない番号。

私《わたし》はおそるおそる、スマートフォンを耳にあてた。

「もしもし?」

『あ、オレ、同じ中学だった小林奏多《こばやしかなた》。覚えてる?』

「えっ」

『オレのところに麻衣《まい》の手紙が届《とど》いて。それで、麻衣《まい》の実家に電話して、この番号を教えてもらった』

その瞬間《しゅんかん》、私《わたし》は十年レターに何を書いたか思い出した。かあっと、顔が熱くなる。

そういえば、あの時由佳《ゆか》が一度封筒《ふうとう》を集めて……。そうか。私《わたし》、住所を書いてなかった奏多《かなた》の封筒《ふうとう》と自分の封筒《ふうとう》を、取りまちがえたんだ!

少し間があき、奏多《かなた》が言った。

『あの、さ。よかったら、会えないかな?』

マジカルナイト

あなたが舞《ま》い降《お》りてきた、あの日のことは、今も忘《わす》れない――。

まだ高校一年生だった私《わたし》、柚子香《ゆずか》は、交通事故《じこ》で突然《とつぜん》両親を失ってしまった。葬儀《そうぎ》を終えても、何日もの間、私《わたし》の頭はぼんやりしたまま。

部活のあと、いつものコンビニに寄《よ》り、いつもの小さなチョコを買い、いつものように食べながら帰る。何もかも、いつもの通り。それなのに、家にはだれもいない……。

そのことを、心が受け入れていなかった。

そんな夕暮《ゆうぐ》れの道に、いきなり私《わたし》と同じ歳《とし》くらいの男子が、ふわりと舞《ま》い降《お》りた。

「私《わたし》は、魔法騎士《まほうきし》の七五斗《ないと》と申します。ご両親の残されたご命令に従《したが》い、柚子香《ゆずか》さまにお仕《つか》えいたします。兄として、片時《かたとき》も離《はな》れずお守りしますので、どうかご安心を」

と、片膝《かたひざ》をついて、私《わたし》に向かって深々と頭を下げる。

「……は？」

彼《かれ》によれば、うちの両親はかつて、異世界《いせかい》で王族として暮《く》らしていたらしい。そして七五斗《ないと》は、ふたりに仕《つか》える魔法騎士《まほうきし》の一族の、末の子どもだった。

しかし、なんとしたことか！　邪悪《じゃあく》な魔王《まおう》がその世界を征服《せいふく》。七五斗《ないと》の一族は、うちの両親と、まだ赤ちゃんの私《わたし》を、この世界へ逃《に》がすために命がけで戦ってくれたらしい。

その時、うちの両親は「われわれにもしものことがあれば、娘《むすめ》が大人《おとな》になるまでは、そばに仕《つか》えて守ってやってくれ」と、命令を残したんだって……！

今、魔法騎士《まほうきし》の生き残りである七五斗《ないと》は、命令の通りに、この世界へやって来た、と。

「……何それ。あなた、ラノベの読みすぎ？」

私《わたし》はそう言《い》い捨《す》てて、逃《に》げ帰《かえ》った。そんな話、信じられるわけないでしょ！

ところが、次の日。

登校したら、クラスメイトが寄《よ》ってきて、変なことを言う。

「柚子香《ゆずか》、お兄さんが来てるよ」「いいよねー、かっこいいお兄ちゃんがいて」

は？　なんで？　私《わたし》に兄なんかいないって、みんな知ってるはず……。

教室のドア口を見ると、昨日《きのう》の頭おかしい男子、七五斗《ないと》が、制服姿《せいふくすがた》で立っていた！

「おまえ弁当《べんとう》、忘《わす》れてったろ。お兄ちゃんがせっかくつくったんだから、食ってくれよ」

渡《わた》されたお弁当箱《べんとうばこ》を開くと、ぱっちり、おかずが詰《つ》まってる。お、おいしそう。

その時、たまたま開いていた窓《まど》から、たまたま校庭でだれかが取《と》り損《そこ》ねたバスケットボールが、たまたま私《わたし》の頭めがけて、飛《と》び込《こ》んできた！

「危《あぶ》ないっ」

七五斗《ないと》はひとっ飛びしてバンッ、とボールを受け止め、窓枠《まどわく》を越《こ》えて校庭へ走り出すと高速でドリブルし、ダンッ、とゴールへダンクシュート！　私《わたし》は、呆然《ぼうぜん》と見るばかり。

「キャーッ！　いつもながら、柚子香《ゆずか》のお兄ちゃん、かっこいい！」「いいなあー！」

教室内から、黄色い歓声《かんせい》がいくつもわいた。

「いつもながら」……？

家に帰ると、戸じまりをガッチリしたはずなのに、七五斗《ないと》が台所にいて夕飯をつくっている。そうじも洗濯《せんたく》も終わってる。近所のおばちゃんが「柚子香《ゆずか》ちゃん、お兄ちゃんにこれ渡《わた》してね」と、畑で採《と》れた大根を持ってきてくれる……。

連続する異常事態《いじょうじたい》に、私《わたし》の頭はくらくら。

「な、な、なんなのあなた。世の中、どうなっちゃったの？」「魔法《まほう》の力です」

しれっと言うな、魔法《まほう》とか！　そんなの、信じられるかーッ！

とはいえ、追い出しても追い出しても、いつのまにか家にいるし……まわりからはなぜか、兄として認《みと》められているし……悪いことはしない……っていうか、家事でもなんでもやってくれる……ので、とりあえず、警戒《けいかい》しながらも私《わたし》は七五斗《ないと》と暮《く》らしはじめた。

そして、私《わたし》は高校二年になり、三年になり……。

日に日に、私《わたし》は、七五斗《ないと》のことが気になっていった。

一緒《いっしょ》にいると、ホッとする。魔法《まほう》とかいうこと以外は、すごく信頼《しんらい》できる。

「どうして、そこまでしてくれるの？　なんで、一緒《いっしょ》にいてくれるの？」

「私《わたし》は魔法騎士《まほうきし》です。ご両親からの命令に、そむくことはできません」

ふたりきりで夕飯を食べていても、休日に出《で》かけても、彼《かれ》のルールは変わらない。家の外では、兄。ふたりだけの時は、魔法騎士《まほうきし》。

信じられないけど、もしも本当に、七五斗《ないと》が魔法騎士《まほうきし》だというのなら……。

私《わたし》が大人《おとな》になったら、命令は終わり。七五斗《ないと》はきっと、元いた世界に帰ってしまう。

そう考えると、胸《むね》がギュウッと、締《し》めつけられた。

私《わたし》はまた、毎日、ぼんやりしはじめた。部活のあとに、いつものコンビニ、いつものチョコ。家では七五斗《ないと》が待っているけど、そんな暮《く》らしもいつかは終わる……。

「いつも同じ行動をする人は、ストーカーにねらわれやすいって、知ってましたぁ？」

ギクッ。暗い道で、後ろを静かに歩いていたおじさんが、話《はな》しかけてきた。

「ずーっとかわいいと思ってたのに、もうすぐ高校卒業だね。その前に……その前に！」

変質者《へんしつしゃ》に目をつけられてた……！

背筋《せすじ》が寒くなった。逃《に》げなくちゃ。

私《わたし》が走り出すと、後ろの足音も走り出した。これじゃ逃《に》げきれない。

肩《かた》をつかまれ、カバンが落ちた。道の脇《わき》の駐車場《ちゅうしゃじょう》に、無理やり押《お》し込《こ》まれる。

やだ！　だれか来て！　声をあげようとしたら、

「だっ、だれっ……ゴホッ」

こんな時に、食べてたチョコが喉《のど》に詰《つ》まった。足がもつれて、尻《しり》もちをついたその時、まったく知らない男の、大きな影《かげ》が目に入った――。

ピカッ。白い稲光《いなびかり》があたりを包み、続いて、爆音《ばくおん》が耳をつんざく。

「遅《おそ》くなって申しわけございません。不届《ふとど》き者は、警察《けいさつ》へ突《つ》き出《だ》しました」

その声に、ゆっくりと目を開けた。

「おケガはありませんか？」

満月を背《せ》に、マントをひるがえし、空から舞《ま》い降《お》りる七五斗《ないと》は……本当に、私《わたし》の、魔《ま》法騎士《ほうきし》だった。私《わたし》の肩《かた》と両膝《りょうひざ》の下に、すっと腕《うで》を入れ、身体《からだ》を軽々と持ち上げる。

抱《だ》き抱《かか》えられた私《わたし》は、暗闇《くらやみ》にまぎれて、空を飛んで家へ帰っていく。

「本日の夕飯は、柚子香《ゆずか》さまの大好きなシチューでございます」

七五斗《ないと》。私《わたし》のナイト。こんな時でも、ぎゅっと抱《だ》きしめてはくれないの？

「七五斗《ないと》、ありがとう」

七五斗《ないと》の顔を見上げながら、私《わたし》は切り出した。

「でも……私《わたし》の魔法騎士《まほうきし》っていう任務《にんむ》は、今日で終わりにしよう」

七五斗《ないと》は、言葉を失ったみたいだった。私《わたし》は続ける。

「もうすぐ高校を卒業して、私《わたし》は大人《おとな》になる。七五斗《ないと》は立派《りっぱ》に、命令を守りきったよ。

これ以上一緒《いっしょ》にいるとつらいだけ……。だって私《わたし》はもう、七五斗《ないと》のことが好きだから」

いきなり、私《わたし》の身体《からだ》は、どさっ、と落ちた。そこは、うちの玄関先《げんかんさき》。

「なっ、なっ、何!?」

七五斗《ないと》の手の力が、抜《ぬ》けたみたい。

「失礼しました。魔法《まほう》が終わったようですね」

おだやかな笑顔で、七五斗《ないと》は言った。何がうれしいの!?

「魔法騎士《まほうきし》の任《にん》を解《と》かれましたから、私《わたし》の魔法《まほう》もなくなったのでしょう」

えっ！　七五斗《ないと》は、生まれた時から魔法騎士《まほうきし》だったのに、魔法《まほう》を失っちゃったの？

「ごっ、ごめん、取り返しがつかないことを！　そんな決まりだなんて知らなくて」

私《わたし》はもう、どうしたらいいのかわからなくて、ただオロオロする。

「いいのです。その代わり、もっと大切なものを手に入れました」

「七五斗《ないと》……？」

七五斗《ないと》はその手で私《わたし》の手を取り、立たせてくれたと思ったら、

「騎士《きし》ではなく、兄でもなくなった今、やっと言えます――」

ぎゅっと私《わたし》を抱《だ》きしめて、うっとりと目を見つめた。

「好きです――いつまでも、柚子香《ゆずか》さまのおそばにいます」

私《わたし》は、涙《なみだ》が出そうになって、目を閉《と》じる――。


それから十年。なんだかんだあって、私《わたし》はママになった。

娘《むすめ》の桃香《ももか》は今、やんちゃざかり。なかなか言うことをきいてくれない。今日だって、親子三人で歩いていたら、道路にいきなり飛び出して――、

「桃香《ももか》！」

私《わたし》はあわてて追いかけて、桃香《ももか》の手をつかみ、顔を上げたらそこにはトラックが！

「危《あぶ》ないっ」

ドンッ。私《わたし》と桃香《ももか》を突《つ》き飛《と》ばしたのは、パパ――七五斗《ないと》。三人で道ばたに倒《たお》れ込《こ》むと、

「パパ！　ママ！　ふわふわー」

やわらかな虹色《にじいろ》の雲が、受け止めてくれた。七五斗《ないと》と私《わたし》の間で、桃香《ももか》が笑ってる。

トラックのほうはというと、さらに大きな虹色《にじいろ》の雲に乗り上げて、ふんわりと停《と》まっていた。運転手は、目をぱちくり。

「……桃香《ももか》ちゃん」「また、やったな」

桃香《ももか》は七五斗《ないと》の才能《さいのう》を受《う》け継《つ》いで、立派《りっぱ》な魔法騎士《まほうきし》になってしまったみたい。

大人《おとな》になるまで、パパとママを守ってくれる？　小さなマジカルナイトさん。

通学電車

ガガンガガン、ガガンガガン……。

鉄橋に差しかかると、電車の音が変わる。

私《わたし》はそわそわして、読んでいる本の内容《ないよう》が頭に入らなくなった。

ほどなく電車が次の駅に停車し、ドアが開く。

(来た！)

私《わたし》は本から少し目をあげて、入ってきた人を見た。

紺《こん》のブレザーにグレーのズボン、紺《こん》のネクタイという組みあわせは、私立《しりつ》の男子校中等部の制服《せいふく》だ。ゆるいネクタイの結び方、くたびれたサブバッグ、それに友だちとの会話から、彼《かれ》はひとつ年上の中学三年生かな、と思っている。

彼《かれ》を見かけるようになったのは、私《わたし》が私立《しりつ》の女子校に通うようになった一年ほど前から。帰りの電車で、たびたび一緒《いっしょ》になった。

彼《かれ》は友だちから「コンちゃん」と呼《よ》ばれていた。月曜日と木曜日にこの電車に乗ってくる。そして、ひとりの時は、必ず本を開いていた。

初めて会った時も、コンちゃんは本を開いた。

だれもがスマートフォンを見ている中、黙々《もくもく》と本を読む姿《すがた》に私《わたし》の目はくぎづけになった。

(やだ。何見入ってんの)

自分がしていることに気がつき、はずかしくなってうつむく。でもそのあともつい、ちらちら見てしまった。

彼《かれ》が本のページをめくる。その指がスラリと長い。

(きれいな指だな……)

なんて思っているうちに、いくつも駅が過《す》ぎていく。

コンちゃんが降《お》りた駅は、私《わたし》が降《お》りるひとつ前の「東田町《ひがしたまち》」だった。

それから、私《わたし》も本を読むようになった。

コンちゃんが読んでいた本が気になって読みはじめたら止まらなくなり、すっかり本好きになってしまったのだ。

コンちゃんと同じ電車に乗っていられる時間は、二十五分ほど。

その間、私《わたし》は本を読みながら、コンちゃんをちらちらと見る。それだけのことだけど、私《わたし》にとっては幸せな時間だった。


中間試験の最終日。

私《わたし》は帰りの電車でいつものように本を開いたものの、いつの間にか眠《ねむ》ってしまった。前の晩《ばん》、夜遅《おそ》くまで勉強していて寝不足《ねぶそく》だったのだ。

どれだけの時間がたったのだろう。私《わたし》ははっと、目を覚ました。

いつもとちがう景色が窓《まど》の外を流れている。

(わわわ、ここどこ?)

車内の掲示板《けいじばん》を見ようと横を向いたとたん、心臓《しんぞう》が跳《は》ねあがった。

(コ……コンちゃん⁉)

いつも正面にいるコンちゃんが、隣《となり》に座《すわ》っていたのだ。

顔が熱くなり、何も考えられなくなる。

電車のスピードが落ちると、駅のホームが視界《しかい》に入ってきた。

「西田町《にしたまち》、西田町《にしたまち》ー」

(あ、私《わたし》の駅!)

あわてて本をカバンにしまい、座席《ざせき》から立ち上がる。横にコンちゃんがいるけど、はずかしくて見ることができない……でも、あれ? と気がつく。

なんでコンちゃんが西田町《にしたまち》駅まで乗ってるの? ひとつ前の東田町《ひがしたまち》駅で降《お》りなかったのはどうして? この先の駅に用があるの?

ホームに降《お》りて振《ふ》り向《む》くと、コンちゃんと目が合ってしまった。

ドキンッ。

ドアが閉《し》まり、コンちゃんの姿《すがた》が見えなくなる。

動き出した電車を見送った私《わたし》は、周囲を見て「あれ?」と声をあげてしまった。

私《わたし》が立っていたのは、朝、学校に行く時に乗る反対側のホームだった。


帰りの電車に乗った時、オレは、あっ、と思った。

気になっていた子が本を手にしたまま、居眠《いねむ》りをしていた。彼女《かのじょ》はいつも本を読んでいて、よく読む作家がオレと同じだったから、意識《いしき》するようになった。

しかも今日は、彼女《かのじょ》の隣《となり》が空いている。オレは迷《まよ》わず、隣《となり》に座《すわ》った。

しばらくして、肩《かた》に重みが——彼女《かのじょ》が肩《かた》にもたれかかってきた。やわらかい髪《かみ》の感触《かんしょく》、彼女《かのじょ》の息づかいが伝わってきて、ドキドキドキと鼓動《こどう》が速《はや》くなる。

「次は東田町《ひがしたまち》、東田町《ひがしたまち》です」

あ、降《お》りなきゃ。でも、オレが立ちあがったら、この子を起こしちゃう……。

少し迷《まよ》ったが降《お》りるのをやめることにした。もう少しこのままで、と思ったのだ。

でもこの子、どこで降《お》りるんだろう。降《お》りる駅になったら目を覚ますかな。

彼女《かのじょ》は、スースーと気持ちよさそうな寝息《ねいき》を立てて起きる気配がない。結局、オレたちを乗せた電車は終点まで行ってしまい、折り返すことになった。

どうしよう。また自分の駅を通過《つうか》して、終点まで行っちゃうのかな……。

心配していると、西田町《にしたまち》駅の手前で彼女《かのじょ》が目を覚ました。

あわてて降《お》りていく彼女《かのじょ》。どうやら、ここが降《お》りる駅だったようだ。

ドアを出る時、オレと目が合った。

ドキッとした。

電車の扉《とびら》が閉《し》まって動き出すと、オレはふーっと、息をついた。

緊張《きんちょう》から解放《かいほう》されてほっとしたのと、少し残念な気持ちが混《ま》ざったため息だった。

オレは秘《ひそ》かに決意した。

次に彼女《かのじょ》と会ったら、話しかけてみよう。どんな本が好きなのか——もっと彼女《かのじょ》のことを知りたいから。

友だち想い

親友の万紀《まき》をフッて傷《きず》つけた、同級生の祐二《ゆうじ》がにくい！

あの日、あたしは怒《いか》りが抑《おさ》えきれなくて、近所のビーチで海に向かって叫《さけ》んだ。

「祐二《ゆうじ》のバカ！　万紀《まき》のこと少しは考えてよね！」

〈だよね〜〜〜〉

「えっ!?」

夏が近づく夕暮《ゆうぐ》れのビーチには、たくさんの人がいるけど、犬の散歩や部活のランニングなど、それぞれ勝手に過《す》ごしてる。知っている人はだれもいない。

〈きみも、友だち想いなんだね〉

また声が聞こえて、足元に目をやると、マスコットのぬいぐるみが砂《すな》に半分埋《う》まってた。ぼろぼろなのかな、と思ってつまみ上げたら、サッと砂《すな》が落ちてきれいになった。

馬かな？　犬かな？　ゆるくてかわいいキャラクターだけど、こんなの知らない。

〈ぼくは遠い外国から来たんだ。日本に来ておどろいたことは、若者《わかもの》の心の美しさだよ。みんな自分のことよりも、友だちのためを考えてるんだもの〉

どうやら声は、そのぬいぐるみから、聞こえているみたいだった。

〈もし、その友だちのために、だれかが邪魔《じゃま》なら、ぼく、消してあげてもいいよ〉

消す!?　消すって、殺すってこと!?

〈まさか！　殺すなんてダメだよ〉

だ、だよね、ハハハ。

〈そんなことしたら、証拠《しょうこ》が残っちゃって、警察《けいさつ》が追ってくるよ。どうするの？〉

えっ、そこ？

ていうか、あたし、声を出してしゃべってないんだけどな。不思議《ふしぎ》な感覚だけど、心の中で、自然に会話が進んでいく。

〈ぼくはね、長い旅の間に、不思議《ふしぎ》な力を手に入れたんだ。人の存在《そんざい》そのものを、消すことができる。そうすると、その人は、もとからいなかったことになる。まわりの人の記憶《きおく》すら、きれいさっぱりなくなってしまう〉

存在《そんざい》そのものを、消す……。

〈にくいやつがいるんだね？　それなら考えてみて。もしもそいつが最初からいなかったなら、どうだったかな、って〉

中学生のころから、万紀《まき》と祐二《ゆうじ》とあたしの三人で、駅から塾《じゅく》まで歩いて通っていた。
そんな中、告白しようと決心するまで、万紀《まき》はきっと何日も何か月も悩《なや》んだんだよ。
それなのにフッちゃうなんてひどい。これから夏期講習《こうしゅう》で毎日会うのに、つらすぎる。
祐二《ゆうじ》、ホントに、何を考えてるんだろ。
もし、祐二《ゆうじ》が最初からいなかったとしたら……。
万紀《まき》と私《わたし》は、ずっと仲良しふたり組で、塾《じゅく》にもふたりで通ってたはず。そもそも、なんで途中《とちゅう》から、祐二《ゆうじ》が間に入ってきちゃったんだろ。今となっては、うっとうしい。

〈ぼくをそのカバンの外ポケットに入れていったらいいよ。こいつを消そう、と思ったら、ぼくを取り出して、ぼくに相手の顔を見せて「消せ」って言うんだ。あとはもう……きみすら、そいつのことは忘《わす》れてしまうよ、へへへへへ〉

塾《じゅく》が始まる前に、いつもより早く家を出て、駅の前で隠《かく》れて待った。

思った通り、祐二《ゆうじ》が改札から出てくる。祐二《ゆうじ》はいつも、こうやって早めに来て、ベンチでスマホを見たりしながら、万紀《まき》とあたしが歩いてくるのを待ってるんだ。

「祐二《ゆうじ》」

今日は、あたしがひとりで声をかけたから、祐二《ゆうじ》はびっくりしてる。

「万紀《まき》は遅《おそ》くなるらしいから……今日はふたりで行こう」

塾《じゅく》までの道を、祐二《ゆうじ》とふたりで行くのは初めてかもしれない。万紀《まき》には、祐二《ゆうじ》も私《わたし》も用があるから先に行く、ってメールで伝えてある。

もし祐二《ゆうじ》を消せば、すべて解決《かいけつ》する。でもその前に、ムカついたこととか、ぜんぶ言わないと気が済《す》まない。消したらもう言えないんだから。

いつでも取り出せるように、カバンのポケットの中のぬいぐるみを、手でつかむ。

「聞いたよ、万紀《まき》をフッたんだって？　せっかく三人で仲良くしてたのにどういうつもり？　今つき合ってる人とかいないんだよね？　だったらなにもフらなくたって、もう少し待ってとか他に言いようがあるよね？　万紀《まき》の気持ちも少しは考えな――」

「だってしかたないだろ」

祐二《ゆうじ》が途中《とちゅう》で、口を挟《はさ》んだ。

「おれが好きなの、おまえなんだから！」

祐二《ゆうじ》の言葉を聞いたとたん、あたしは、ぬいぐるみをつかんだまま走って帰った。

塾《じゅく》の時間のはずなのにあたしが帰ってきたから、ママはびっくりしてたけど、無視《むし》して部屋に飛《と》び込《こ》んで、ドアの鍵《かぎ》を掛《か》ける。

〈なーんだ。友だち想いなら、きみがいなくなったほうがよかったんだ〉

そうだよ……！

あたしは、カバンの外ポケットから、ぬいぐるみを引っぱり出す。その小さなビーズの目に、あたしの顔が見えてるのかな。

今、ひとこと「消せ」って言えば、苦しむこともなく、悲しむ人もいず、あたしなんかいない世界が訪《おとず》れるの？　なら、それが万紀《まき》のためにはいちばん――。

ドンドンッ。部屋のドアを、だれかが叩《たた》いてる。

「唯《ゆい》！　万紀《まき》だよ！　開けて！　祐二《ゆうじ》から聞いたよ。私《わたし》、大丈夫《だいじょうぶ》だから。唯《ゆい》が心配することなんか、何もないからね！」

あたしは、ドアの鍵《かぎ》を開けた。入ってきた万紀《まき》に、飛びついて泣いた。

どうしてあたしが泣いてるんだろ。フラれて傷《きず》ついたのは、万紀《まき》なのに。

「バカだなあ、そんなに気にして。私《わたし》、最初からなんとなくわかってたんだよ、祐二《ゆうじ》の気持ち。むしろ、今はそれがはっきりわかって、すっきりしちゃった」

あたしは、ぬいぐるみのことまでぜんぶ話して、泣きじゃくった。

万紀《まき》は、さすがに信じてないみたいだったけど、笑ってくれた。

「そんな変な話までつくって、信じ込《こ》んじゃうくらい、気にしてくれてたんだね。もしかして……唯《ゆい》も、祐二《ゆうじ》のことが好きなのかな？」

「……え⁉」

「だって、祐二《ゆうじ》が何を考えてるのか、そんなに気になるなんてさ。つき合ってみたら？私《わたし》は大丈夫《だいじょうぶ》だよ。っていうか、応援《おうえん》する。だって、親友の唯《ゆい》のことだもん」

「万紀《まき》……⁉」

「唯《ゆい》は友だち想いだから、自分の気持ち、私《わたし》のために押《お》し殺《ころ》してたんじゃないかな」

今夜はじっくり、本当の気持ちを考えてみてね、と言い残して、万紀《まき》は帰っていった。

あたし、祐二《ゆうじ》のことが好き……？

そう考えると、胸《むね》があたたかくなっていく。

ぬいぐるみは、いつのまにか消えていた。もう必要ないから、居《い》なくなったのかもしれない。不思議《ふしぎ》なできごとだったけど、おかげで、自分のことが少しわかった気がする。

万紀《まき》はやっぱり、最高の親友だ。


その夜、あたしは奇妙《きみょう》な夢《ゆめ》を見た。暗い部屋で、万紀《まき》があのぬいぐるみと見つめ合っていて、ふたりの声が心の中に聞こえてくる。

「唯《ゆい》はやっぱり、最高の親友ね……。私《わたし》の大好きな祐二《ゆうじ》と唯《ゆい》がつき合うのなら、だれにも邪魔《じゃま》はさせない。邪魔《じゃま》するやつは……消す！」

〈きみのほうが、唯《ゆい》よりもっと、友だち想いみたいだね。仲良くしよう、へへへへへ〉


次の日からずっと、塾《じゅく》のカバンのポケットに、実はあのぬいぐるみを入れていたんだ、って……万紀《まき》が打ち明けてくれたのは、何年もたってから。

祐二《ゆうじ》とあたしの、結婚披露宴《けっこんひろうえん》でのことだった。

あれから果たして、だれかが消されたのかどうか……？　だれも覚えていない。

最初で最後の恋《こい》

中学二年の夏。

コトリはミハルを「海に行こう!」と、誘《さそ》った。

海まではバスで一時間半。中学生だけで行くには、結構《けっこう》、遠出になる。

「親の見守りなしで友だちと海に行くの、初めて」

「なんか、大人《おとな》になった感じ?」

コトリとミハルは、はしゃいでバスに乗《の》り込《こ》んだ。

だが、三十分後。

ギギー、ガガガッ!

耳をつんざく破壊音《はかいおん》がして、コトリの視界《しかい》がぐらりと反転した。窓《まど》ガラスが砕《くだ》け散《ち》っていくのが、まるでスローモーションのように見える。

気がつくと、コトリは地面に倒《たお》れていた。

ガソリンの嫌《いや》な臭《にお》いが鼻をつく。まわりには、バスの部品や乗客の持ち物などが散《ち》らばっていた。

(何?　何が起きたの?)

起き上がろうとするが、力が入らない。

ふと、黒いT《ティー》シャツを着た男の人が見えた。倒《たお》れている人を抱《だ》き起《お》こそうとしている。

「た、助けて……」

コトリの声に、男が振《ふ》り向《む》いた。

さらりと前髪《まえがみ》が揺《ゆ》れ、切れ長の目がコトリをとらえる。

「おまえはまだ生きている。がんばれ」

その言葉を聞いて、コトリは気を失った。

翌日《よくじつ》、コトリが目を覚ますと、お父さんとお母さんの顔が見えた。

「コトリ、気がついたか？　コトリッ」

コトリの名を連呼《れんこ》するお父さんの横で、お母さんが泣いている。

コトリはぼんやりと、まわりを見た。

「ここ、どこ？」

「病院だよ」

コトリは、ミハルと乗ったバスが横転したのを思い出した。

「ミハルは？」

「無事よ。打撲《だぼく》だけだったから、手当てを受けて家に帰ったわ」

「よかった……」

コトリは起き上がろうとして、「うっ」と、うめいた。体のあちこちが痛《いた》い。

まもなく医師《いし》が来て、コトリに説明した。

「コトリさんは右手と足を骨折《こっせつ》していて、腰《こし》や肩《かた》にも打撲《だぼく》を負っています。しばらく入院して、少しずつリハビリをしていきましょう」

コトリは数日後から、足や腕《うで》の関節を曲げたり伸《の》ばしたりするリハビリをはじめた。

だが、思うように体が動かない。無理に動かすと、痛《いた》みが走る。

一週間たっても自力で立ち上がることができず、ひとりではベッドから車椅子《くるまいす》に移れなかった。

「なんで立てないの？」

コトリは自分の太ももを、叩《たた》いた。

悔《くや》しくて、つらくて、どんどん気持ちが落ちていく。

さらに追い打ちをかけたのは、見舞《みま》いに来た同級生の言葉だった。

「ミハルは事故《じこ》のショックから、家を出られなくなったらしいよ」

コトリは、ガツンと頭を殴《なぐ》られたようなショックを受けた。

（私《わたし》のせいだ。私《わたし》が海に行こうなんて誘《さそ》ったから……）

コトリは、自分を責《せ》めた。

(海になんて行かなければよかった。大人《おとな》になったみたい、なんて調子に乗って。だから、こんなバチが当たったたんだ)

リハビリをやる気になれず、サポートしてくれるスタッフには「疲《つか》れた」と言って休むようになった。

数日後、コトリはレントゲンを撮《と》るため、車椅子《くるまいす》に乗って、廊下《ろうか》で待っていた。するとA、向こうから黒いT《ティー》シャツの男がやって来た。事故現場《じこげんば》で倒《たお》れた人を抱《だ》き起《お》こしていた、あの男だ。

「あっ」

声をあげたコトリを、男が見た。

「ああ、あの時の……。元気そうじゃないか」

気さくな言い方に、不思議《ふしぎ》と気持ちが楽になる。親しい先輩《せんぱい》と話しているようだ。

「ちっとも元気じゃないですよ」

思わず言い返すと、男はにっと笑った。

「なに、しょげてんだ。助かって、よかったじゃないか」

「よくない。こんなにつらいなら、あの時、死んでしまえばよかった……」

勢《いきお》いでもらしたコトリの言葉に、男の表情《ひょうじょう》がさっと曇《くも》った。

「人は自分で生死を選べない。人には、それぞれの人生でやるべきことがあるんだ。おまえも命があるうちは、やるべきことをやれ」

男の言葉は、ずしりと重くコトリにのしかかった。

コトリが黙《だま》り込《こ》むと、男は再《ふた》びにっと、頬《ほお》をゆるめた。

「大丈夫《だいじょうぶ》。これ以上、悪いことにはならないよ」


男は病院の関係者なのか、それからもしょっちゅう見かけた。廊下《ろうか》ですれちがったり、廊下《ろうか》のつきあたりにある喫茶《きっさ》コーナーでばったり出くわしたり。一言か二言、あいさつを交わすだけだったが、それでもコトリは男に会うとほっとし、リハビリをがんばろうと思えた。

（明日《あした》も会いたい）

そう思うようになって気がついた。

（こんなに会いたいと思った人は、初めて。これが恋《こい》なのかな……）

入院からひと月がたったある日、ミハルが病室にやって来た。

「ミハル、大丈夫《だいじょうぶ》なの？」

コトリが聞くと、ミハルは笑った。

「お見舞《みま》いに来たのは私《わたし》だよ？　なんでコトリが大丈夫《だいじょうぶ》って聞くの」

コトリは「あ、えと……」と、ためらいながら言った。

「ミハルは……事故《じこ》のショックで、家から出られないって聞いたから」

「ああ、うん。しばらくはそうだったけど、もう平気」

「ごめん。私《わたし》が海に誘《さそ》ったせいで、つらい思いをさせて」

コトリが言うと、ミハルはぶんぶん首を振《ふ》った。

「何言ってんの。事故《じこ》が起きたのは、コトリのせいじゃないでしょ。コトリだって、つらい思いをしたのに」

ミハルがコトリを抱《だ》きしめた。

「う……」

目から涙《なみだ》があふれる。コトリは心が軽くなっていくのを感じた。

退院前日《たいいんぜんじつ》の夜、コトリが喫茶《きっさ》コーナーに行くと、あの男がひとり、ソファに座《すわ》っていた。

「よお、退院《たいいん》が決まったんだってな」

やわらかな微笑《ほほえ》みに、胸《むね》が締《し》めつけられる。

(もう会えなくなるんだ……)

コトリが小さくうなずくと、男は首をかしげた。

「どうした？　あまりうれしそうじゃないな」

コトリは思いきって、口を開いた。

「私《わたし》……、あなたが好きです。これからも、会ってくれませんか？」

男は静かに答えた。

「それはできない」

コトリはうつむき、ぎゅっと口を結んだ。

「だが、おまえが精一杯《せいいっぱい》生きたら、また会える」

「え？」

顔をあげたコトリに、男は笑顔を見せた。

「約束する。必ず会いにいく」


退院後《たいいんご》、コトリが男と会うことはなかった。

コトリは無事に中学を卒業し、高校、大学と進んで、小学校の先生になった。

数年後には結婚《けっこん》をし、娘《むすめ》も生まれた。

そうして忙《いそが》しく働くうちに、年月が過《す》ぎていった——。

「おばあちゃん、またお見舞《みま》いに来るからね」

孫と娘《むすめ》が病室を出ていったあと、コトリはひとりになった。

息が浅くなり、しだいに意識《いしき》が遠のいていく。

その時、黒いＴ《ティー》シャツの男が現《あらわ》れた。

「約束通り、迎《むか》えに来たぞ」

さらりとした前髪《まえがみ》に、切れ長の目。顔も体つきも、昔とまったく変わらない。

「立派《りっぱ》な人生だった。よくがんばったな」

男の笑顔を見て、コトリはようやく理解《りかい》した。

男が事故現場《じこげんば》にいたのも、病院にいたのも、死者を迎《むか》えるため。

コトリは事故《じこ》で死にかけたため、彼《かれ》が見えるようになったのだ、と。

「あなたは、死神だったのね……」

コトリはそっと手を伸《の》ばして、微笑《ほほえ》んだ。

きみとぼくとラーメンと

ぼくは、女子が苦手。

小学六年生になってから、女子の甲高《かんだか》い声にうんざりするようになった。

「もうすぐ冬休みだね。楽しみ〜」

さっきからはしゃいでいるのは木下千春《きのしたちはる》。こいつは、いつもギャーギャーうるさい。

目が合うとキッとにらんでくるので怖《こわ》い。

「そうだね」

その声色《こわいろ》にぼくはいつもハッとしてしまう。

声の主は、森下亜衣《もりしたあい》という名前で、ぼくの近くの席に座《すわ》っている女子。

肩《かた》まで届《とど》く黒い髪《かみ》が、いつも窓《まど》からの光でキラキラ輝《かがや》いている印象。

亜衣《あい》の声だけは、他の女子とちがってどこか落ち着いていて耳障《みみざわ》りじゃない。

「あの計画、忘《わす》れてないよね？」

ドスンと音を立てて椅子《いす》に座《すわ》った千春《ちはる》が尋《たず》ねた。

「あ、うん」

「亜衣《あい》の夢《ゆめ》なんでしょ。外食すること。あたしも楽しみ！」

ひとりでカラカラ笑っている千春《ちはる》に、亜衣《あい》はまわりを気にするように顔を近づけた。

コソコソ話になったあとは聞き取れない。千春《ちはる》がこっちをにらんでくるから、あわてて知らぬ顔をした。危《あぶ》ない危《あぶ》ない……。

だけど『外食をしたい』なんて、ヘンな夢《ゆめ》。ぼくにとって外食はたいしたことじゃない。

いつだって夜ごはんは外食だから。

夕暮《ゆうぐ》れ時の帰り道、友だちと別れる。

家を通《とお》りすぎ大通りを渡《わた》ると、そこにあるのは「はまぐりラーメン浜口《はまぐち》」。

小さいお店だけど、まあまあ繁盛《はんじょう》している。

「おう、コーキーおかえり！　今日はちっとばかし遅《おそ》かったな」

口の悪いおじさんが、扉《とびら》を開けるなりおじさんしか呼《よ》ばない呼《よ》び方《かた》でぼくを迎《むか》える。

お客さんの前でやめて欲《ほ》しいんだけど。

「ただいま」

「待っとけよ。今日もうまいのつくってやるからよ」

この人はお父さんの弟にあたる人で、ぼくにとってはおじさん。昔から家にもよく来ていて、ぼくにとっては歳《とし》の離《はな》れたお兄ちゃんみたいな存在《そんざい》。

そんなおじさんがある日、突然《とつぜん》サラリーマンを辞《や》めたと思ったら、ラーメン屋さんを開店したのだ。

それ以来、ぼくはここでごはんを食べて、お父さんかお母さんのどちらかが迎《むか》えに来るのを待っている。メニューはそれなりにあるけれど、同じジャンルの食事ばかりじゃどうしても飽《あ》きちゃうんだよね。

「外食なんて……なんにも楽しいもんじゃないよ」


お正月も三が日が過《す》ぎると、お父さんもお母さんもまた仕事がはじまってしまった。

夕刻《ゆうこく》、いつものようにはまぐりラーメンへ向かうぼくは、店の近くで足を止めた。

なぜかそこに亜衣《あい》がいたから。入口のドア近くでオドオドと店内をのぞき込《こ》んでいる。

「どうかした？」

声をかけると、漫画《まんが》みたいに飛び上がる。

「あ……浜口《はまぐち》くん、え……なんでここに？」

「森下《もりした》こそ何やってんだよ」

「わ、私《わたし》は……その……外で夜ごはんを……」

「ああ、こないだ木下《きのした》と話してたやつ？」

「聞いてたの？」

聞き耳を立てていたことがバレてしまい、気まずくて口ごもるぼくに亜衣《あい》も同じように黙《だま》り込《こ》んでから、決心したように口を開いた。

「千春《ちはる》ちゃん、一緒《いっしょ》に行くって約束したんだけど、風邪《かぜ》ひいちゃったみたいで……」

「じゃあ別の日にまたチャレンジすればいいじゃん」

こんなにしゃべったのは初めて。だけど、なんだか普通《ふつう》にしゃべれてるな……。

「ダメなの。今日しかダメなの」

キュッと口元を引《ひ》き締《し》める亜衣《あい》に、ぼくは言う。

「ふーん。じゃ、一緒《いっしょ》に食べる?」

「え?」と、おどろく亜衣《あい》を押《お》すように店内に入る。

「ちょっと待って、まだ決心が……」

亜衣《あい》は、ぼくが自然にカウンターに進むのを見てぽかんとしている。

「おう、コーキーよく来たな……」

おじさんがぼくの後ろにいる亜衣《あい》に気づくと、「おっと」とつぶやいた。

「今日はクラスの子と一緒《いっしょ》なんだ。そこで会ってさ……」

言《い》い訳《わけ》がましく口にするぼくに、おじさんは亜衣《あい》を見て目じりを下げた。

「コーキーの叔父《おじ》です。いつもコーキーが世話になってありがとね。よかったらテーブルのほうへどうぞ」

固まっている亜衣《あい》を、ぼくは窓辺《まどべ》の席へ案内した。

亜衣《あい》は座《すわ》ったとたん、

「うわぁ」

と、メニューの写真を見て目をかがやかせた。

やがてラーメンが運ばれてくると、あたりにはまぐりの出汁《だし》の香《かお》りが広がる。

亜衣《あい》は楽しそうにしゃべっていて、緊張《きんちょう》のせいかぼくは彼女《かのじょ》の顔をチラチラと盗《ぬす》み見《み》することしかできなかった。

「おいしいね」

そう言って笑う彼女《かのじょ》と食べるラーメンは、たしかにとてもおいしかったんだ。

新学期初日は特別寒い朝だった。

学校につくと、つい亜衣《あい》を探《さが》してしまう。まだ登校していないみたいだ。

彼女《かのじょ》とふたりだけの秘密《ひみつ》を持ったみたいで、会う前からはずかしい。

「亜衣《あい》、どうしたんだろう」

不安そうな木下《きのした》と目が合った。急いで逸《そ》らそうとして、踏《ふ》ん張《ば》ったぼくは、「さあ」と肩《かた》をすくめてから思い出す。

「風邪《かぜ》は治ったの？」

そう聞いたぼくに、木下《きのした》はなぜだか眉《まゆ》をひそめている。

「おはようございます」

先生が教室にやって来る。

いよいよ亜衣《あい》が登校しないことが心配になってくる。ひょっとしたら、木下《きのした》の風邪《かぜ》がうつったんじゃ……と木下《きのした》の背中《せなか》をにらんでしまう。

「さっそくですが、今日は皆《みな》さんにお話があります」

そう言った先生に教室が静まり返る。

「急なことですが……森下《もりした》さんが転校することになりました」

ざわつく教室のなか、ぼくは今までに感じたことのないショックを受けていた。


はまぐりラーメンに行くと、おじさんが「これ」とピンク色の封筒《ふうとう》を渡《わた》してきた。

「こないだの女の子が昼前に来て、おまえに渡《わた》してくれって」

「こないだの……？　森下《もりした》が来たの？」

カウンターに座《すわ》り封筒《ふうとう》を開くと、二枚《にまい》の便《びん》せんが入っていた。丸い文字が並《なら》んでいる。

お客さんのしゃべる声やレジを打つ音が遠くなっていく。

亜衣《あい》からの手紙を三回読み直しているうちに、目の前にラーメンが置かれた。

「今日は特製《とくせい》にしといたから」

「ありがとう」

ぼやけた視界《しかい》で食べる今日のラーメンは特別においしくて、少ししょっぱい味がした。

『浜口《はまぐち》くんへ
この間はいっしょにラーメンを食べてくれてありがとう。そして、ごめんね。
転校することは、冬休みに入る前に決まってたの。
だけど、お別れは悲しいから先生と相談して、みんなには言わずに行くことにしたんだ。

ラーメン屋さんの前で声をかけてくれてありがとう。
本当は、千春《ちはる》ちゃんとの約束を断《ことわ》ったのは私《わたし》なの。
どうしてもひっこしをする前に、浜口《はまぐち》くんとお話ししたかったから。
もし、あそこで声をかけてくれなかったらあきらめようと思っていたんだ。
浜口《はまぐち》くんのおじさんがラーメン屋さんをしていることは、お父さんに聞いて知ってたの。

それから、浜口《はまぐち》くんが毎晩《まいばん》あそこで食べていることも。

あの日、最後のチャンスと思って入口に立った時、すごくきんちょうした。

だけど、浜口《はまぐち》くんが声をかけてくれたから、きんちょうがふきとんだの。

勇気を出して行ってよかった。

もっと早く声をかけていればよかったって思ったけど、そうしたらもっと苦しかったのかな。


だから、これでさようなら。

ふたりで食べたラーメン、本当においしかったね。

ありがとう。また会える日まで。

森下亜衣《もりしたあい》』

サンタクロースの悩《なや》み

突然《とつぜん》だけど、僕《ぼく》、黒井陽太《くろいようた》はサンタクロースだ。

何を言っているんだと思われるかもしれないが、条件《じょうけん》を満たした中学三年生までの子の家に魔法《まほう》でプレゼントを届《とど》ける『世界サンタクロース協会』という秘密《ひみつ》の組織《そしき》があり、僕《ぼく》の家は代々その日本支部《しぶ》に所属《しょぞく》しているんだ。テレビ番組で取り上げられるような楽しげなものではなく、だれにも知られることなく肉体労働《ろうどう》にいそしむやつだ。

だから僕《ぼく》は、別に白ひげのおじいさんってわけじゃない。年齢《ねんれい》はもうすぐ十八歳《さい》。ふだんはごくフツーの高校三年生だ。

そして、もうひとつ突然《とつぜん》だけど、僕《ぼく》はサンタクロースを辞《や》めたい。

理由はある。自分自身、まさかこんなことになるなんて思いもしなかったから、どうしていいのかわからないんだ。よかったら、僕《ぼく》がこの気持ちに至《いた》るまでの経緯《けいい》を聞いて欲《ほ》しい。

……というか、聞こえてるかい？　こうやってみんなに話しかけているこれも、サンタクロースが使える魔法《まほう》なんだ。といっても、この通信の魔法《まほう》を使うのは初めてなんでどうも自信がない。他人の家の鍵《かぎ》を開ける魔法《まほう》なら頻繁《ひんぱん》に使うんだけどね。

え？　空き巣みたいだって？　冗談《じょうだん》じゃない。子ども部屋にプレゼントを置くためにしか使ってないよ。ああ、プレゼントかい？　うん、出せるよ。魔法《まほう》で。ただしいろいろと条件《じょうけん》があって、メーカーがシリアルナンバーを登録《とうろく》しているものなんかはダメ。同じナンバーのものがこの世に二つあったらおかしいだろ？　ゲームとか電子機器はだいたいアウトだね。あと、契約《けいやく》が必要なスマホとかもダメ。お金、なんてのもぜったいムリ。そういうのを欲《ほ》しがってる子は、条件《じょうけん》を満たしていないと判断《はんだん》されるけどね。まあ、ゲームくらいなら自腹《じばら》で買ってあげるって人もいるらしいけど、基本的《きほんてき》にはルール違反《いはん》。

さて……本題だ。

あれは、僕《ぼく》がまだ中学一年生のころだから、今から五年前だね。その年は、父さんが雪道で転んでぎっくり腰《ごし》になったせいで、僕《ぼく》が代理を務《つと》めることになった。サンタクロースのデビューとしては早い年齢《ねんれい》だったけど、緊急《きんきゅう》だからしかたがなかった。でも、まちがいだった。やめておくべきだったんだ。まさにその初仕事で、僕《ぼく》はサンタクロースにとって禁忌《タブー》とされていることをしてしまった。

僕《ぼく》は、プレゼントを配りに行った先で見かけた、とあるひとりの女の子が、気になってしまったんだ。

誓《ちか》って恋愛感情《れんあいかんじょう》とかじゃなかった。少なくとも当時はね。相手もまだ小学四年生だったし。でも、理由は何であれ、だれかを特別な目で見ちゃダメなんだ。サンタクロースはどの子にも平等でなくちゃいけないから。寝顔《ねがお》はまあ……かわいらしいと思ったけど。

それで、その子の何が気になったかっていうと、『お願い』の内容《ないよう》なんだ。たまに風習にのっとってくつしたにお願いを書いた紙を入れる子がいて、あった場合はなるべくそれを叶《かな》えてあげるんだけど、その子のお願いは、僕《ぼく》には手も足も出ないものだった。
『健康な足が欲《ほ》しい』……そういうお願いだった。
その子、足が不自由だったんだ。ベッドの脇《わき》には車椅子《くるまいす》があった。どういうわけだか
そういうお願いは、条件《じょうけん》から外されない。昔からそうなんだってさ。
どうすればいいのかわからなかった僕《ぼく》は、自分に出せる中で一番高価《こうか》な、女の子向け
の人形を置いていったんだ。女の子だし人形なら喜んでくれるよなって思って。
その翌朝《よくあさ》、プレゼントを渡《わた》した子の様子をのぞく魔法《まほう》で、彼女《かのじょ》の様子を見てみたんだ。
彼女《かのじょ》は目を覚ましてすぐに、枕元《まくらもと》に置かれた人形の存在《そんざい》に気づいた。でも、それを手に
取ることはなく、自分の足を叩《たた》いて泣きはじめた。そして、かんしゃくを起こしたよう
に人形をつかみ、頭上に振《ふ》り上《あ》げ……そのままじっと何か考えてから、ゆっくりとそれ
を枕元《まくらもと》に戻《もど》した。「ごめんね」と笑顔をつくりながら。そのあと一階からお母さんに呼《よ》ば
れると、さっきまでの様子が嘘《うそ》みたいに明るく返事をして、人形のことを報告《ほうこく》していた。
僕《ぼく》は、何とも言えない気持ちになった。やりきれないというか、悔《くや》しいというか。そ

れまでは、だれにも知られないサンタクロースなんて地味でキツいだけの損《そん》な役割《やくわり》だけど、子どもたちを笑顔にしてる父さんを誇《ほこ》らしいって心の中では思ってた。でも、急に、サンタクロースって何なんだ、って思った。何もできないじゃないか、って。

僕《ぼく》はそのあともその子のことが気になって、クリスマスが過《す》ぎてからも様子を見に行くようになった。それで彼女《かのじょ》の年齢《ねんれい》や通っている学校なんかがわかったんだ。

彼女《かのじょ》の名前は、白根美沙希《しらねみさき》。学校での友だちは多く、楽しくやってるみたいだ。移動《いどう》はいつも車椅子《くるまいす》だけど、謙虚《けんきょ》で、人に優《やさ》しく、クラスメイトの相談相手にもよくなっていて、足が不自由なことなんて何も気に病んでないように振《ふ》るまっている。彼女《かのじょ》の本当の気持ち……クリスマスにあんなお願いをしていることは、きっとだれも知らないだろう。そう、僕《ぼく》以外は。

翌年《よくとし》のクリスマスから、僕《ぼく》は自分からサンタクロースを務《つと》めることを買って出て、正式に父さんから役目を引《ひ》き継《つ》いだ。プレゼントを楽しみにしている子どもたちのために、っていう気持ちはもちろんあるけど、理由の半分は美沙希《みさき》ちゃんのことだった。

僕《ぼく》はどうしても美沙希《みさき》ちゃんを喜ばせたくて、毎年毎年、頭をひねってプレゼントを置いた。女の子の好きそうなものや、学校で流行《はや》っているものを必死に調べたり、かわいい服はどうだろうと思ってファッション誌《し》を読みあさったり、足が不自由でも楽しめるものを探《さが》したり。健康な足なんて僕《ぼく》の力じゃどうやってもプレゼントできないから、それ以外の方法で笑顔にしたくて、自分なりにがんばってきた。だけど……彼女《かのじょ》のお願いは、毎年変わることがなかった。プレゼントを見た時の表情《ひょうじょう》も、毎年同じ、悲しそうな笑顔。その年も、次の年も、次の年も、その次も、ずっと……。

去年のクリスマス、僕《ぼく》は彼女《かのじょ》の寝顔《ねがお》を見ながら泣いてしまった。『健康な足が欲《ほ》しい』と書かれた紙を握《にぎ》りしめたまま……どうしても涙《なみだ》が止まらなかった。小さな声で、彼女《かのじょ》に謝《あやま》った。ごめん、って。ごめん、僕《ぼく》ではきみの欲《ほ》しいものをあげられない、ダメなサンタクロースでごめん、って。

今年、僕《ぼく》はバイトしてお金を貯めて、彼女《かのじょ》のためにネックレスを買ったよ。わかってる。こんなものじゃ彼女《かのじょ》は喜ばないってことは。でも、せめて彼女《かのじょ》にはこんなふうにキラキラした未来が待っていて欲《ほ》しいって、そういう願いを込《こ》めた。これをプレゼントして、もう今年でサンタクロースは辞《や》めるって父さんに言うつもりだ。彼女《かのじょ》も今年で中学三年生。プレゼントをもらえる最後の年。とうとう人に笑顔を届《とど》けることのできなかったサンタクロースなんて、失格《しっかく》だろ？　それに、こんな気持ちを抱《かか》えたまま続けるなんて、僕《ぼく》にはできない。

さて、そろそろ零時《れいじ》か。今のうちに美沙希《みさき》ちゃんの部屋へ行こう。

え？　忘《わす》れたのかい？　今日はクリスマスじゃないか。サンタクロースが魔法《まほう》を使えるのは、イブの日とクリスマスの二日間だけって決まってるんだ。魔法《まほう》でひとっ飛び、で、ほらもう彼女《かのじょ》の部屋だ。寝顔《ねがお》は……やっぱりかわいらしいな。

少し気が重いけど、今年もお願いを確認《かくにん》しなきゃ。……あれ、くつしたがないな。どこだろう。いつもは枕元《まくらもと》にあるのに。机《つくえ》のほうかな？　あれ、これは……手紙？

『サンタさんへ。

毎年プレゼントをありがとうございます。いつも私《わたし》のことを考えて選んでくれているのはすごく伝わっていたけど、私《わたし》の本音を言える相手はサンタさんだけだったので、無茶なお願いを書き続けてしまいました。ごめんなさい。

私《わたし》は去年、実はあの時起きていて、サンタさんを見てしまいました。それで、私《わたし》のためにあんなに泣いてくれたサンタさんのことを、好きになってしまいました。だから今年のプレゼントは「サンタさん」をお願いします。私《わたし》の、精一杯《せいいっぱい》の告白です。』

背後《はいご》で彼女《かのじょ》が身を起こした気配がする。起きてたのか……。

僕《ぼく》はバカだ。なぜ思いつかなかったんだ。僕《ぼく》が彼女《かのじょ》の足になってあげればよかったじゃないか。こそこそしないで、堂々と、ずっと……。

やばい。涙《なみだ》が出てきた。早く顔を拭《ふ》かなきゃ。ネックレスを渡《わた》して、自己紹介《じこしょうかい》をしなくちゃいけなくて……ああ、話したいことがたくさんあるな。

みんな、ごめん。ここで通信の魔法《まほう》を切るよ。

聞いてくれてありがとう。それじゃあね。

メリークリスマス。

ただいま

おれはトム。かわいい恋人《こいびと》アンナと別れ、この宇宙《うちゅう》ステーションで、二十年の任務《にんむ》についている。相棒《あいぼう》のユタカがいるから、さみしくはないけどな。

ユタカは、機械の操作《そうさ》にかけては地球一といっていい。宇宙《うちゅう》ステーションじゃ、ユタカみたいに器用なやつが、ヒーローなんだ。

おれか？　おれはステーションを見渡《みわた》せる特別席にいて、クルーの仕事を見守り、困《こま》っているやつがいれば話を聞いてやる。みんなからはトム監督《かんとく》って呼《よ》ばれているぜ。

ユタカは細かいことをやるが、おれは大きな男なんだ。最強のふたり組だろ。

アンナからは、最初のうちは、ひっきりなしに電子メールが届《とど》いていた。

おれは正直言って、コンピューターなんか触《さわ》りたくもないから、ユタカが代わりにメールを読んで、写真や動画があれば見せてくれる。まったく、よくできた男だ。


〈トムの絵をかきました。いないのさみしい〉

〈夏休みにハワイに行きました。初めてサーフィンをしたの！〉

〈進路について悩《なや》んでいます。私《わたし》も宇宙《うちゅう》の勉強をしようかな。相談できたらいいのに〉

〈卒業式に来てほしかったけど、しかたがないよね。お祝《いわ》いのダンスパーティーの写真を送ります。友だち大集合！〉


なんてめまぐるしいんだろう。

単調な宇宙《うちゅう》の生活とはちがって、アンナはどんどん変化し、成長していく。

初めてのこと、学校のこと、友情《ゆうじょう》のこと。

おれが知らないすばらしいことが、アンナのまわりでは次々と起こってるんだ。

〈なかなかメールを書けなくて、ごめんなさい〉

まぁでも最近は、こんな出だしのメールばかり。ひと月に一通来ればいいほうだろう。

〈大学の勉強は思った以上に大変で、眠《ねむ》る時間も惜《お》しいほどです。クラスでは、新しい友だちができました。ふらふらになりながら、助け合って課題を片《かた》づけています〉

いいんだ、いいんだ、わかってる。今のアンナは、自分のことで精一杯《せいいっぱい》。それが若《わか》さってやつさ。命の花を咲《さ》かせて、力の限《かぎ》り熱い青春を……、って……。

おれの言い方は、なんだか古いなあ。

〈こっちのことは気にするな。メールを書いているヒマがあったら、思い切り自由に生きて、今しかできないことをやり、たくさんの人と出会いなさい〉

そう、そう、そう言いたかったんだ。ユタカが、不器用なおれの代わりに、しっかりいい文章を書いてくれた。心をこめて、送信しておいてくれ。

愛しているからこそ、自由に生きて欲《ほ》しいんだ。

たとえ新しい恋人《こいびと》ができたとしても、おめでとう、って言ってやる。だって、おれは大きな男だからな。


ところが、任務《にんむ》についてから、ちょうど十五年がたったころのこと。

〈突然《とつぜん》、ごめんなさい。私《わたし》、結婚《けっこん》します〉

相手の写真も送られてきた。友だちに囲まれ、笑顔でいっぱいの写真だ。

〈彼《かれ》のこと、伝えたいと思っていたけど、どう書いたらいいかわからなくて……。私《わたし》と同じ科学者志望《しぼう》で、いい人です。宇宙《うちゅう》から帰ったら、ぜったい、すぐに会いに来てね〉

よかったな、アンナ……おめでとう。

ユタカが泣いている。おまえが泣いてどうする。アンナはおれの恋人《こいびと》だぞ。

いや——元恋人《もとこいびと》だ。


今だから認《みと》めるけど、その日からおれは、調子がおかしくなった。

アンナが結婚《けっこん》するってことが——おれの帰りを、待っていてくれないってことが——

これほどショックなことだとは！

自由に生きて欲《ほ》しいんじゃなかったのか？　おれは大きな男じゃなかったのか？　情《なさ》けないぜ。なんのやる気も起こらないんだ。

もう、この美しい宇宙《うちゅう》のもくずとなって、消えてしまいたい……。

気がつくとおれは、ユタカが操縦《そうじゅう》する作業船の、助手席にいた。

そうか、外のパネルを直すから、つき合ってくれとか言っていたっけ。

まあるいヘルメットに、白い宇宙服《うちゅうふく》を着たユタカ。やつが作業船から外に出る時、おれもフワッ、と浮《う》き上《あ》がる。

あっ、と思ったら、何かに当たって、おれの身体《からだ》は宇宙《うちゅう》へ――はじき出された。

――いいぜ。このまま飛んでいこう。

もうこれで、ユタカを励《はげ》まさなくてもいいし、クルーのぐちをきかなくてもいい。

そう思うと、真空の暗闇《くらやみ》へ、すうっと意識《いしき》が溶《と》けて消えた。

気がつくと、腕《うで》がちぎれそうなほど強く、ユタカに引《ひ》っ張《ぱ》られていた。

宇宙服《うちゅうふく》のユタカは、おれを引《ひ》っ張《ぱ》って、宇宙ステーションのドックに飛《と》び込《こ》む。

ハッチを抜《ぬ》けて、ヘルメットを脱《ぬ》ぐなり、ユタカはおれを抱《だ》きしめた。

「バカやろう!! 何をぼんやりしてるんだ。おまえを連れて帰るって、アンナに約束したんだぞ! ぜったいに、ぜったいに連れて帰るんだ」

ユタカは、泣いていた。

そうか。そんな約束、してたのか。ユタカ、すまない。

もう注意をおこたらず、最後まで任務《にんむ》をやり遂《と》げると誓《ちか》おう。男の約束だ。

五年後、おれたちはついに任務《にんむ》を終えて、宇宙《うちゅう》ステーションを後にした。

ユタカが運転する自動車の助手席から、なつかしい地球の景色を眺《なが》めた。

「さあ、ここだ。いよいよ、感動の再会《さいかい》だぞ」

ユタカは車を停《と》めて、荷物を肩《かた》にかけ、おれの手を引いた。

緑色の家の前に、おれたちを待つ、二つの人影《ひとかげ》が見えた。

美しい大人《おとな》の女と――昔のままの、小さなアンナだ。

まさか？　アンナは学校に行って、卒業して、大人《おとな》になって、結婚《けっこん》したはず……。

「アンナ！」

ユタカは、大人《おとな》の女のほうをアンナと呼《よ》び抱《だ》きしめた。泣いていた。泣き虫なやつだ。

「パパ」

女も泣いていた。やはりアンナだ。きみも昔から、泣き虫だった。

「本当に……本当に……トムを連れて帰ってきてくれたのね！」

そして女は、アンナに――いや、女の子に――、おれを押《お》しつけて言う。

「トムはね、昔、ママのクマさんだったのよ。そしてね、おじいちゃんが宇宙《うちゅう》に行く時、ママからプレゼントしたの。いちばんの宝物《たからもの》だったから」

ちょっと待て。おれは混乱《こんらん》してきた。

「そして、おじいちゃんが、ちゃんと連れて帰ってきてくれたから……今度は、あなたのクマさんになるのよ」

女の子はおれを、しっかり両手で受け止め、胸《むね》に抱《だ》く。

「こんにちは、トム」

きみは……アンナだろ？　どう見ても、なつかしい五歳《さい》のアンナだ。信じられない。

その腕《うで》のあたたかさで、否応《いやおう》なく、おれの心の時間が巻《ま》き戻《もど》ってしまう。

いや……。

いいんだ……これでいい。おれはまた、幸せになる。

この腕《うで》の中が、おれの帰る場所なんだ。

小さな恋人《こいびと》の目に、おれのプラスチックのボタンの目が、しっかりと映《うつ》っている。

「ただいま」

おれは、最高に満ち足りた気分で、その子の心に語りかけた。

ホームラン日和《びより》

『バッター、工藤《くどう》くん』

アナウンスの声がこだましたと同時に、ワッと歓声《かんせい》があがった。

暑い陽射《ひざ》しが照りつける市営球場《しえいきゅうじょう》には、たくさんの観客が波のように動いている。

……この中に、礼《れい》ちゃんがいるんだ。そう思うと、急に緊張《きんちょう》してきた。

バッターボックスへ進もうとする僕《ぼく》を、監督《かんとく》が呼《よ》び止《と》めた。

「工藤《くどう》、わかっているな？　バントで確実に点を取れよ」

「あ、はい」

大きくうなずいてから、ようやく今の状況《じょうきょう》を思い出した。

2対2で迎《むか》えた九回裏《うら》、ワンアウト、走者三塁《さんるい》。バントさえ打てば、僕《ぼく》の所属《しょぞく》する第三湖南《こなん》小学校野球部は見事勝利する。

六年生の僕《ぼく》にとっても、決勝に進める最後のチャンス。

「よし、行ってこい」

バシンと背中《せなか》に気合いを入れられ、僕《ぼく》は明るい陽射《ひざ》しの下へと足を踏《ふ》み出《だ》した。

歓声《かんせい》が一気に大きくなり、たくさんの声が僕《ぼく》の名前を叫《さけ》んでいる。

バント……。バットを構《かま》えながら自分に言い聞かせる。

だけど、それをすることで僕《ぼく》の恋《こい》は終わってしまう。

ピッチャーが球をかまえるのを確認《かくにん》しながら、僕《ぼく》はあの日の告白を思い出していた。


「大石礼子《おおいしれいこ》さんのことが好きです。つき合ってください」

終業式のあと、体育館の裏《うら》というひねりのない場所、ひねりのない告白に、礼《れい》ちゃんはきょとんとしていたっけ。

「聖斗《まさと》くん……。それって……本気？」

「うん」

ああ、きっと顔が真っ赤になっているだろうな。

バツが悪くて視線《しせん》を逸《そ》らせる僕《ぼく》に、礼《れい》ちゃんは「えっとね」と首をかしげた。

色白でショートの髪《かみ》の礼《れい》ちゃんを好きになったのは、ずいぶん前のことだ。はじめは意識《いしき》していなかったのに、礼《れい》ちゃんへの気持ちに気づいてからは、まるで入道雲のように好きな気持ちはどんどん大きくなっていった。

結果がどうであれ、夏休みに入る前に告白したかった。

「野球部の試合っていつだっけ？」

返事はイエスなのかノーなのか……。緊張《きんちょう》する僕《ぼく》に、突然《とつぜん》そんなことを聞く礼《れい》ちゃんに、肩透《かたす》かしをくらった気分になった。

「あさってだけど……。応援《おうえん》、来てくれるんだよね？」

負けてばかりの僕《ぼく》ら野球部だけど、今年の夏はちがった。

奇跡《きせき》の快進撃《かいしんげき》を続ける展開《てんかい》に盛《も》り上《あ》がった学校が、全校生徒で応援《おうえん》に行くことを決めたのだ。

「まさかの準決勝《じゅんけっしょう》だもんね。しょうがないよ」

「礼《れい》ちゃんは野球キライだもんね」

いつもの調子でからかうように言うと、ぷうと頬《ほお》をふくらませている。

「キライとは言ってないでしょ。ルールがわからないだけ」

それから礼《れい》ちゃんは何かを思いついた顔をした。ひとりでうなずいてからまっすぐに僕《ぼく》を見て言った。

「じゃあ、今度の試合でホームランを打ったら、恋人《こいびと》になってあげる」と。

歓声《かんせい》が耳に届《とど》いた。

1《ワン》ストライク、2《ツー》ボール。三塁《さんるい》にいる走者がここまで来れば勝てるんだ……。

——どうする？

そう自問しても、答えはわかっている。バントを打つしかないんだ。

自分のせいでチーム全体に迷惑《めいわく》はかけられない。

迷《まよ》いを振《ふ》りきった僕《ぼく》は、熱気を含《ふく》む風を背中《せなか》に感じた。バントではなく犠牲《ぎせい》フライをねらいにいき、それがそのままホームランになったなら……。

追い風がまるで僕《ぼく》の味方をしているように強く吹《ふ》いている。

ピッチャーが、大きく振《ふ》りかぶる。

その手から放たれたボールを見ながら歯をくいしばり、バットを振《ふ》る。

カキン
強い音とともにうわん、と沸《わ》く歓声《かんせい》の中僕《ぼく》は走る。ボールは弧《こ》を描《えが》いて高く飛ぶ。

必死で走りながら僕《ぼく》は願った。

もっと飛べ。

もっともっと、遠くへ。

礼《れい》ちゃんに届《とど》くように、と。

「それからどうなったの？」

ワクワクした声で尋《たず》ねるあどけない絢斗《あやと》に、僕《ぼく》は少し間をとってから肩《かた》をすくめた。

「結局、お父さんの打った球は、外野に捕《と》られて犠牲《ぎせい》フライになったんだ」

「えー」

期待していたオチじゃなかったのだろう。

座《すわ》っていた僕《ぼく》の膝《ひざ》から離《はな》れると、絢斗《あやと》はつまらなそうな顔を向けてくる。そういう表《ひょう》情《じょう》のひとつひとつが、本当に昔の自分に似《に》ていると思った。

「でも、パパは礼《れい》ちゃんとつき合えたんだよ」

「え、なんでぇ？」

僕《ぼく》は絢斗《あやと》の小さな耳に顔を近づけた。

「礼《れい》ちゃんは野球のルールを知らなかったんだ。パパが打った球でみんなは喜んで、チームも勝っただろう？　パパがホームランを打ったんだって思ったみたい」

「ええ？」

「だからママには内緒《ないしょ》な」

「うん!」

庭からリビングに戻《もど》ってきた礼子《れいこ》が、僕《ぼく》たちを見て笑う。

「あら、なんだか楽しそうね」

もぎたてのキュウリを手に台所に向かう礼子《れいこ》に、絢斗《あやと》ははしゃいでついていく。

「ママには内緒《ないしょ》なんだからね。あ、ママの名前、れいこだ! れいちゃん?」

「そうよ。どうして?」

「ふふふ」

楽しそうなふたりを見てから、僕《ぼく》は庭に目をやった。

礼子《れいこ》とつき合うことになり、僕《ぼく》の毎日は幸せな色に変わった。

夏休み明けの教室で、親友だった俊之《としゆき》に自慢《じまん》したことを思い出した。

「へ? なんで?」

きょとんとしている俊之《としゆき》に、僕《ぼく》は鼻息荒《あら》く説明をしたっけ。

「だからぁ、礼《れい》ちゃんはルール知らないんだって。ラッキーだったよ」

そんな僕《ぼく》に俊之《としゆき》は「んなわけないし」と速攻《そっこう》で否定《ひてい》をした。

「だって、礼子《れいこ》の兄ちゃんって俺《おれ》らの先輩《せんぱい》だぞ。礼子《れいこ》も昔から応援《おうえん》してたんだし、ルールを知らないわけないじゃん」


庭の緑の遠くに、あの日と同じ青い空が広がっている。

ウソをついてくれた礼子《れいこ》がさらに愛《いとお》しくなった感覚を覚えているし、それは今も続いている。

一緒《いっしょ》にいるとうれしくてワクワクする毎日は、家族が増えてもなお続いていく。

「毎日がホームラン日和《びより》だな」

そうつぶやくと、僕《ぼく》は目を閉《と》じて夏の太陽の光を感じた。

執筆担当

いぬじゅん

奈良県出身。『いつか、眠りにつく日』（スターツ出版）で第8回日本ケータイ小説大賞を受賞。『新卒ですが、介護の相談うけたまわります』（メゾン文庫）、『明日、きみのいない朝が来る』（PHPジュニアノベル）など著書多数。

ココロ 直（こころ なお）

佐賀県出身。『夕焼け好きのポエトリー』で2002年度ノベル大賞読者大賞受賞。『アリスのお気に入り』シリーズ（集英社）ほか少女向けライトノベルを中心に執筆。PHP研究所での著作は『メランコリック』シリーズ、『ナユタン星からのアーカイヴ』。

こぐれ 京（こぐれ きょう）

神奈川県出身。著書に『サトミちゃんちの8男子』シリーズ（角川つばさ文庫）、『小学校6年間の漢字が学べる物語 トキメキ探偵マヂカ☆マジオ』(KADOKAWA ／中経出版)など。趣味はウクレレを弾いて歌うこと。日本推理作家協会会員。

ささき あり

千葉県出身。著書に『おならくらげ』（第27回ひろすけ童話賞受賞）、『天地ダイアリー』（ともにフレーベル館）、『ぼくらがつくった学校』『ふくろう茶房のライちゃん』（ともに佼成出版社）、『アナグラムで遊ぼう　けんじのじけん』（あかね書房）など。

装丁・本文デザイン・DTP　根本綾子
カバー・本文イラスト　吉田ヨシツギ
校正　みね工房
編集制作　株式会社童夢

3分間ノンストップショートストーリー
ラストで君は「まさか!」と言う　恋《こい》の手紙

2018年12月25日　第1版第1刷発行
2024年8月5日　第1版第6刷発行

編　者　PHP研究所
発行者　永田貴之
発行所　株式会社PHP研究所
東京本部　〒135-8137　江東区豊洲5-6-52
児童書出版部　TEL 03-3520-9635（編集）
普及部　TEL 03-3520-9630（販売）
京都本部　〒601-8411　京都市南区西九条北ノ内町11
PHP INTERFACE https://www.php.co.jp/
印刷所・製本所　TOPPANクロレ株式会社

ISBN978-4-569-78824-1

NDC913　191P　20cm